这本书属于

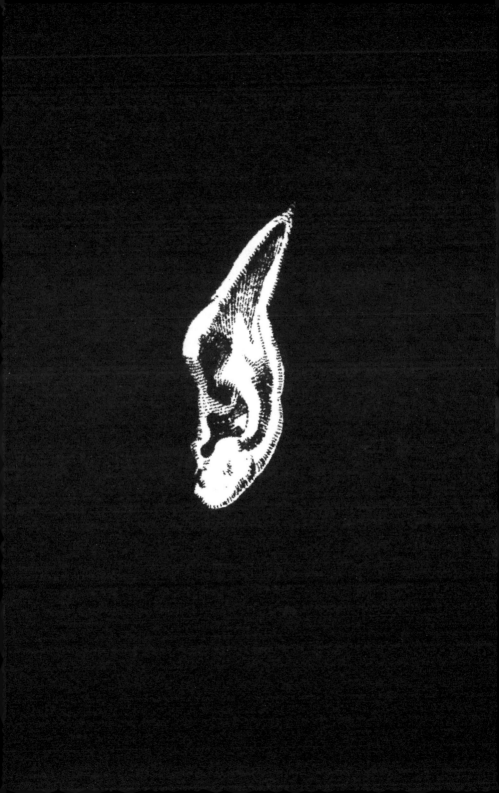

图书在版编目（CIP）数据

布朗万·斯普吉的绝密使命 /（美）M.T. 安德森著；（美）尤金·叶利钦绘；马爱农译 . — 北京：北京联合出版公司，2023.8

ISBN 978-7-5596-6930-8

Ⅰ . ①布… Ⅱ . ① M… ②尤… ③马… Ⅲ . ①儿童小说 - 长篇小说 - 美国 - 现代 Ⅳ . ① I712.84

中国国家版本馆 CIP 数据核字 (2023) 第 127652 号

THE ASSASSINATION OF BRANGWAIN SPURGE
Text © 2018 M.T. Anderson
Illustrations © 2018 Eugene Yelchin
Published by arrangement with Walker Books Limited, London SE11 5HJ.
Simplified Chinese translation copyright © 2023 by Beijing Tianlue Books Co., Ltd.

布朗万·斯普吉的绝密使命

著　　者：[美] M.T. 安德森
绘　　者：[美] 尤金·叶利钦
译　　者：马爱农
出 品 人：赵红仕
选题策划：北京天略图书有限公司
责任编辑：周　杨
特约编辑：钱凯悦
责任校对：高　英
美术编辑：刘晓红

北京联合出版公司出版
（北京市西城区德外大街 83 号楼 9 层　100088）
北京联合天畅文化传播公司发行
北京盛通印刷股份有限公司印刷　　新华书店经销
字数 200 千字　　880 毫米 ×1230 毫米　　1/32　　16.5 印张
2023 年 8 月第 1 版　　2023 年 8 月第 1 次印刷
ISBN 978-7-5596-6930-8
定价：68.00 元

布朗万·斯普吉的绝密使命

［美］M.T. 安德森◎著　　　［美］尤金·叶利钦◎绘

马爱农◎译

北京联合出版公司
Beijing United Publishing Co.,Ltd.

我们怎么知道世界到底是什么样？

浓云惨雾的日子里，精灵王国的山丘一片灰暗、萧条。

而透过一块宝石看去，最沉闷的街道也熠熠生辉。

我的双眼都被妖精蒙蔽，

因此对我来说，

世界是深不见底的黑暗。

——查提布兰德的莱穆尔，

《论精灵的科学和魔法》

序

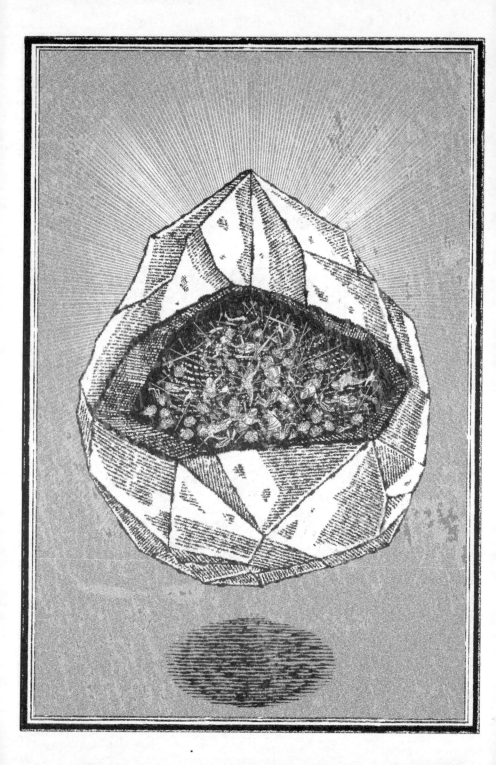

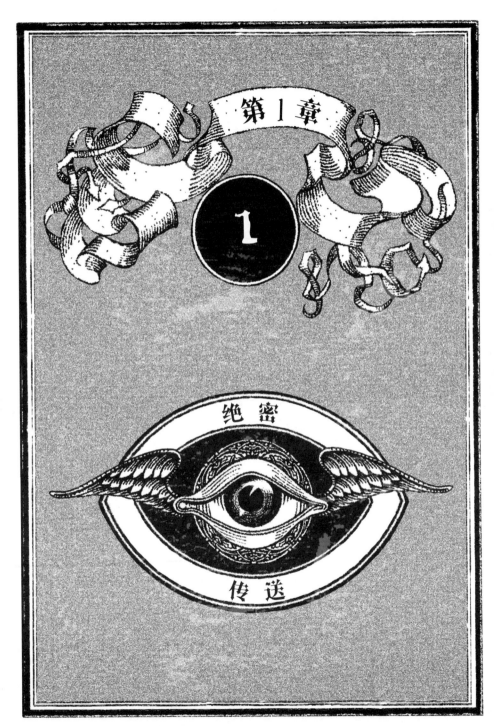

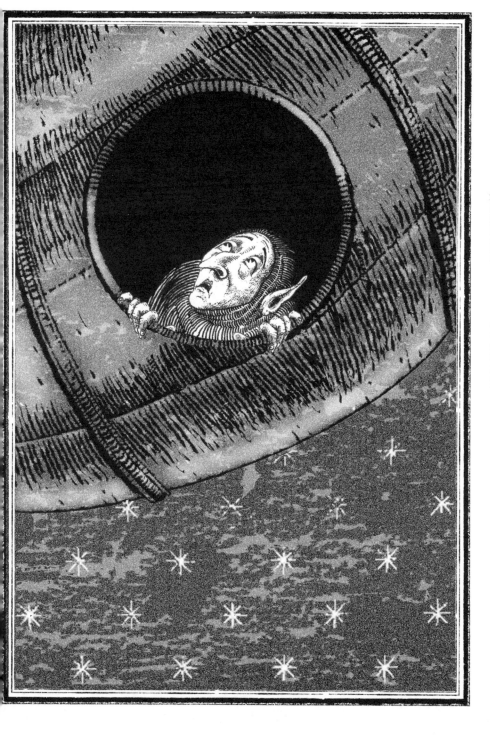

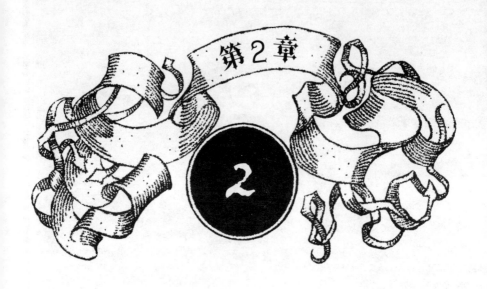

第2章

2

精灵王国

净手团

伊索莱特·克莱夫斯勋爵

亲爱的朋友：

你怎么也不会相信我今天用弩箭把谁射了出去。

我当年的校友老杂草斯普吉——"野草"。

我们在中午时分，把他发射到了妖精王国黑暗的中心。

说来滑稽，我已经很久很久没有想到野草了。他在学校的时候是个窝囊废。你还记得吧，那个矮矮的小虾米。胳膊像海藻似的晃晃荡荡。脸有点像鱼。马上比武很差劲，打猎也不行，总是被精灵猎狗咬到。一天到晚战战兢兢。走到哪儿都耷拉着脑袋，好像时刻准备挨揍似的，小细脖子瘦精精的。活脱脱一根野草，而且他的名字"斯普吉"的意思就是一种杂草。所以大家就都叫他"野草"，你还记得吧。但我这三十来年从没想起过他。

不料，国王的一位大臣对我说，他们需要一位历史学家去拜访邪恶之王高赫的妖精朝廷。大臣给了我一份名单让我挑选。排在第三个的就是他：布朗万·斯普吉。你可以想象我是多么的惊讶。

"天哪，"我说，"这不是老野草嘛！"

我把他叫到王宫来面谈。他在大学里教精灵历史。"你好啊，野草。"我说，"是我，你的老校友克莱夫斯，如今是净手团的成员。"

你想象不出他的变化有多大！脑袋不再一个劲儿耷拉着了。他现在站得笔直，像一把扫帚似的。胳膊看上去仍然有点柔弱，但浑身上下没有一点摇摆不定的样子，非常骄傲和挺拔，非常僵直。我想，这家伙即使想懒散下来也做不到了。他的变化实在是令人惊讶。我完全惊呆了，并且丝毫没有掩饰这一点。

然后我对他说了这项使命：人们在挖掘国王的新戏水池时，发现了一件被埋藏的妖精古董——一块巨大的宝石，上面似乎雕刻着一个故事。典型的妖精故事：许多人被砍了头。看着令人恶心。但是年代久远，非常久远——大概有一千年了。国王考虑把它送给妖精国王——邪恶之王高赫，作为善意和文化交流的象征，同时也象征着自从停战之后，精灵和妖精之间的关系在最近五年有所改善。这是一个示意。一次跨越邦克鲁尔山的握手。

只要能阻止他们再次拿起利剑和喷火器向我们进攻，阻止那些面目不清的家伙浩浩荡荡地从山里涌出来，烧毁我们的森林和家园。

国王的大臣告诉我，我们需要一个人把这块雕琢过的宝石送到妖精的大本营。需要一位历史学家，他能解释宝石的重要性及其文物价值，还能跟那里的学者进行交谈，改善两边关系。"所以，野草，"我说，"你愿意为国家效劳，深入妖精王国的中心吗？这一百多年来，还没有一个人活着从那里回来呢。如果你愿意，老伙计，请在这个打叉处签名。"

就像我说的，他如今是个特别骄傲的家伙了，根本没有说什么"好的，先生"之类的话。他只是瞪着我——皱着眉头——径直走到我的办公桌前，拿起羽毛笔，龙飞凤舞地签了名。我认为他能顺利完成任务。

但愿如此吧。整个晚上，当我和妻子参加一场为"被狮鹫所伤者"募捐的慈善舞会时，我不停地回想起野草十三岁时的样子——身上没有一点肌肉，挨打前缩成一团，只要有人看他一眼，他那双大眼睛就仓皇发抖——接着我想起了妖精王国。那里的大山就像参差不齐的牙齿。延绵无数英里都是怪兽和妖精野人。臭气熏天的水坑。如屠宰场一般的城市。被血染红的河流。我告诉他，万一事情出了差错，我们会把他救出来——但是在所有人的记忆中，几乎没有一个精灵逃离过那个雾与火的黑暗国度。

只有一次例外，那是在最近一次与妖精的战争中。五年前的四月。你可能还记得格鲁兹比十二好汉吧，我们的超强特种兵团。他们被派到妖精的特尼比昂城里，想获取那座城市的地图。其中十个人根本没能走到城墙。（山怪，泥石流，蛇一般滑动的真菌。）另外两个人被活捉。是的，他们倒是活着回来的，但已经完全精神失常——无法细述他们目睹的恐怖场景，这不仅是因为他们的舌头被割掉，他们的精神也被摧垮了。妖精打发他们骑着一头驴子翻山越岭回来，那驴子身体两头都有脑袋。双头驴，自己跟自己较劲，没法朝一个方向走，专门为了奚落我们。

我们不知道那些大山后面有什么。这也是野草使命的一部分——他不仅要送出雕琢过的宝石，还要观察那座妖精城市，并把他的所见告诉我们。他将是第一个被迎入那些城墙的精灵，他会被成群结队的妖精簇拥着，可以在他们中间自由走。当然啦，除非事情出了差错，他们开始对他动手。毕竟大家都知道，妖精经常会突然动怒，他们热衷于使用暴力，总是想出各种花样来折磨人。

我对他说：“你将会像你惯常读到的那些尘封的古代历史学家那样，他们曾到冰冻的北方去拜访雪人，或到地底下去寻找矮人，然后写一本有关其习性和习俗的书。"当然啦，事情其实没有那么简单。

我不妨承认了吧，我有点担心我的这位老校友。我为野草感到不安。是的，邪恶之王高赫知道他要去——但这真的是一件好事吗？

你愿意让一个嗜血的暴君知道你即将出现在他家的门口吗？

我只希望，当我把老校友装在弩舱里射出去时，不是在把他射向死亡。

我只希望，高赫能被我们的礼物和我们的美好愿望所感动。然而，唉，我们是向妖魔寻求和平。妖精部落就像一只大狼蛛似的盘踞在那里，伺机发起进攻。

现在一切都取决于野草了。

你永远的朋友

伊索莱特·克莱夫斯

卢内斯勋爵

净手团

精灵王国贵族

就在布朗万·斯普吉导师被射出去，飞越邦克鲁尔山的前一天夜里，威菲尔——高赫大王朝廷里的妖精历史学家和档案管理员——躺在床上，盖着好几条毯子，怎么也睡不着。他把身体转向一边，盯着墙壁发呆，然后转向另一边，盯着卧室的门发呆。枕头热得让人难受，但他的双手却还是冰凉的。

威菲尔想到了那位精灵学者即将开启的旅程：被装在一个巨大的弩舱里从敦霍姆王宫发射出来。他将飞越芳香扑鼻的森林——精灵们就住在森林的树屋里，他将飞越肥沃的草地和牧场，飞越山区里黑黢黢的松树坡……最后降落在妖精王国的首都特尼比昂城墙边的德鲁姆高原上。

即使弩舱里有许多弹簧和靠垫，这趟旅行也是非常累人的，一路都会剧烈颠簸。我可怜的客人，威菲尔想，我可怜的客人！他准会筋疲力尽，酷热难熬，浑身被撞得青一块紫一块。

威菲尔负责在城里招待这位精灵使者和学者，把他当成贵客请进自己家中。这是一个天大的责任。精灵们习惯过奢侈的生活，鹅绒床垫，彩色玻璃窗。我可怜的客人那样砰然落地，准会被摔得散架的，威菲尔不安地想。

妖精有一套严格的待客准则。妖精一旦邀请某人踏进自家的门槛，不管发生什么事，都有责任款待和保护自己的客人。待客之道神圣不可侵犯。

威菲尔坐了起来。他必须赶紧去把枕头拍得鼓起来，把果盘都装满，反正睡不着，躺着也没用。他太兴奋了。

他扯了扯脸上的触须。他可爱的宠物，那个叫咔咔贝的鱼头精，紧紧地巴在他的脸颊上，这会儿突然被惊醒，感到老大的不乐意。她气呼呼地在房间里乱飞，哭哭啼啼地表示抗议。

威菲尔戴上眼镜，脚步沉重地走进客房查看。一切都准备就绪。床铺好了。他已经把雪白的床罩仔细地掀了下来。此刻，他把已经很平整的床单又捋了捋，把迎宾巧克力放在枕头上。

精灵爱吃巧克力吗？他问自己。

谁不爱吃呢？

除非精灵对巧克力过敏，就像山怪和狗那样。也许他可以在见到客人时谨慎地问对方一句，如果有问题，就悄悄地溜进来，把巧克力拿走。

为了让客人感到轻松自在，威菲尔把自己收藏的几件精灵工艺品挂在了墙上：红色和金色的古代绘画，画面上是情侣在花园里放飞鸽子，在森林里狩猎，或在齐特琴①上弹奏激昂欢快的乐曲。

前一天，他打发邻居家的几个孩子出去采了一些鲜花放在床头柜上。德鲁姆高原常年不是刮热风就是刮冷风，还经常弥漫着火山的烟雾，所以并没有长出许多鲜花，孩子们好不容易才找到了一些毛茛花和虎耳草。威菲尔对插花一窍不通，只希望他插在陶瓷花瓶里的那一把野花，再配上那几根做陪衬的巨头草干枝，能显得简朴而富有魅力。

他的冰窖里塞满了肉和蔬菜。他还新添了一桶大米和几罐面团。精灵一般吃什么呢？具体他也不知道。大概只吃很精致的美食吧：蝴蝶肉排和金盏花沙拉。

这不是事实，他知道；他紧紧闭上双眼，让自己平静下来。在最近几次和精灵的战争中，双方经常偷取对方的食物，还放火烧对方的田地，在山口盗窃牲畜。

咔咔贝不耐烦地拍打着窗户。这会儿她醒了，觉得肚

---

① 古代欧洲的一种民间乐器。——编者注

子很饿。威菲尔把窗户打开，放她出去。咔咔贝飞进院子，在堆肥上寻找发霉的东西。威菲尔看见她在邻居的垃圾周围跳来跳去，开心地亲吻一根腐烂发黑的玉米棒。

天亮了，晨光洒在城里鳞次栉比的屋顶和弯弯曲曲的烟囱上。妖精历史学家决定还是把自己打扮整齐。他走进浴室，用消毒剂从头到脚擦洗一遍，又用浮石刷了刷皮毛。清理干净后，他慢悠悠地走进卧室，从衣柜里拿出他最好的那件学者长袍。

他迫不及待想见到斯普吉导师。他兴奋得都有点发晕了。终于要跟敌人接触了。对方也是一位学者。也是一个热爱古董和美好事物，和他一样对这个陷入困境的世界抱有希望的人。

他有一肚子的问题要向斯普吉请教，有数不清的东西要展示给对方看。他想把妖精文明的所有璀璨瑰宝都介绍给这个精灵：瑙特山洞，逐梦者的舞蹈，被吞食的皇帝时代的发光书，歌咏团唱的《影子的教训》，在鲁特琴①伴奏下吟诵的古老而忧郁的民族史诗。

他甚至幻想能受到这位来访的精灵历史学家的邀请，前往白色的敦霍姆王宫。他将看到那些肥沃的田野、高高的森林，更重要的是看到那些传说中的藏书室，那里收藏的图书，特尼比昂没有一个人读过，甚至连书名都没有听说过。威菲尔一边梳着地毯，让每一根流苏都在地面服服

①也叫琉特琴，一种古老的拨弦乐器。——编者注

帖帖，一边幻想着精灵和妖精的知识合在一起，能写出怎样的历史巨著。

他在打扫卫生和做准备工作时，暗自希望他的这位精灵客人的旅途舒适愉快。

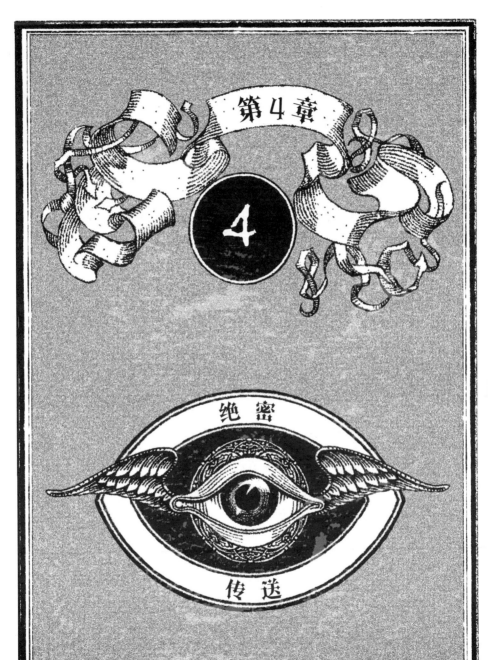

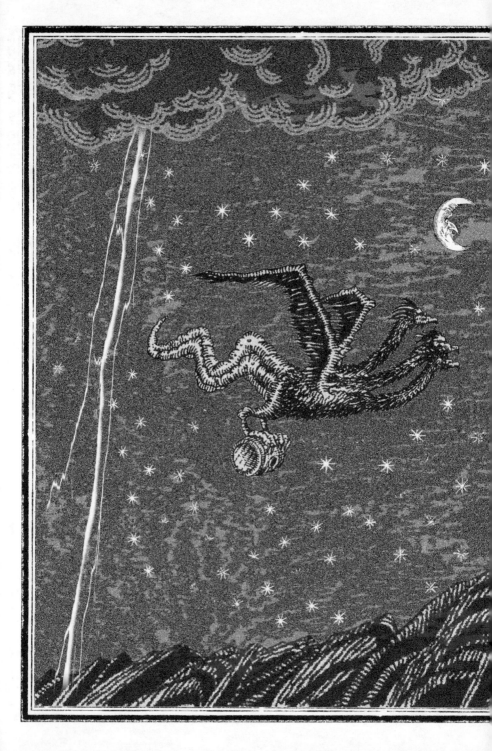

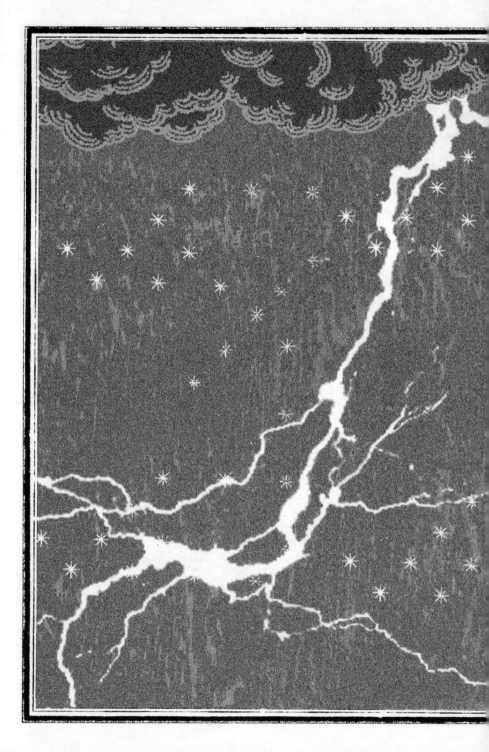

第 5 章

上午十一点的时候，威菲尔已经走到特尼比昂城中央的高赫堡垒，等待他的精灵客人了。护国君高赫第一天不会接见精灵，因为那样会显得太急切。只能先由威菲尔迎接精灵学者。他必须把他带回家，好生款待。之后，他肯定要把学者的兴趣爱好和态度向国王一一汇报。

威菲尔忐忑不安地坐在王宫的皇家档案室里，等着去城门口迎接客人。咔咔贝绕着房间的椽子轻轻地飞来飞去，就像一个不安分的念头。

到了十二点半，山那头传来消息，说哨兵们看见弩舱飞过。高赫早已安装了自己的魔法预警系统：一些长长的、奇形怪状的神经，弯弯曲曲地盘绕在山间，只要远处的卫兵在山的那头跺跺脚，这些神经就会振动。接下来的十分钟里，大臣们在城堡里密切追踪这些奇异的神经在邦克鲁尔山和德鲁姆高原的动向。弩舱越飞越近了。

威菲尔匆匆走向外务大臣的办公室，准备和她一起去迎接客人。威菲尔到来时，外务大臣正在吩咐一条三头飞龙去天空接住弩舱，把它缓慢地、轻柔地、安全地带到地面。他们可不希望精灵贵宾在弩舱降落时被撞得昏头昏脑。

外务大臣发现威菲尔慢吞吞地走进来。"啊，档案管理员威菲尔，"她不自然地笑着说，"我们的客人很快就会被送来了。我们做好准备，到特尼比昂城门口去迎接他吧。"

妖精卫兵们站在城垛边用伸缩望远镜观察着德鲁姆高原。他们一会儿将头转向左边，一会儿转向右边，扫视着整个天空。

其中一个卫兵对外务大臣喊道："三头飞龙接住他了，夫人！"

"太好了。"外务大臣说。她大声吼道，"快准备奶酪拼盘！"

威菲尔大大地松了口气。做了这么多准备工作，他早已迫不及待想要见到这位精灵学者了。他小声地对一个戴拉夫领的妖精听差说："开始踩踏香槟喷泉的马达吧。"香槟喷泉的形状是一条骑在海豚上的人鱼，已经很多年没有使用了。清洗和维修它花了很多时间。人鱼噘起的嘴唇上生了绿色的霉斑。

听差鞠了一躬，匆匆跑去开喷泉了。

"等一下……"卫兵迟疑地说，"夫人，好像不对劲……看情形，那个精灵准是在弩舱里挣扎呢……"

"什么？"

"哦，他……哦，糟了，夫人！"卫兵放下面前的望远镜，"他从弩舱里跳出来了！他在坠落……"

外务大臣倒吸了一口冷气，大眼睛忽地一下睁得溜圆。

"快来，档案管理员威菲尔。"她吩咐道，"我们必须确保那个精灵的安全。如果他死了，将会酿成一场外交灾难。"说完，她连连摇头。

卫兵们开始跑来跑去，互相嚷嚷。高台上的观察者们在梯子上来回移动。咔咔贝被这骚动的气氛吓坏了，紧紧贴在威菲尔的脖子上，轻声呜咽。威菲尔用一只手把她按在自己的面颊上安慰她，用另一只手撩起长袍的下摆，以最快的速度追着外务大臣跑去。

这次拜访绝不能有半点闪失。这场文化交流至关重要。威菲尔心里再清楚不过了。谁也不愿意再想起上一场战争的重重磨难，想起塔楼被烧、全军覆没的噩耗。必须在精灵的敦霍姆王宫和妖精的特尼比昂城之间，建立一种更加牢固的关系。这是他作为学者和东道主的责任。从某些方面来说，他的生命也取决于此。

遥远的地平线上出现了一个黑点，那个精灵从空中坠落。

"他要掉进布隆克湖里了！"一个瞭望员喊道。

外务大臣向楼梯冲去，一边对经过的卫兵们大喊："巡逻潜艇！湖里！给他们发警报！"她用一根手指戳着天空，"快把他捞起来！送到岸上！这个季节的水蛇是在冬眠还是在挨饿呢？"

随着疲惫的马达嘎吱一响，喷泉开始有气无力地喷出香槟。

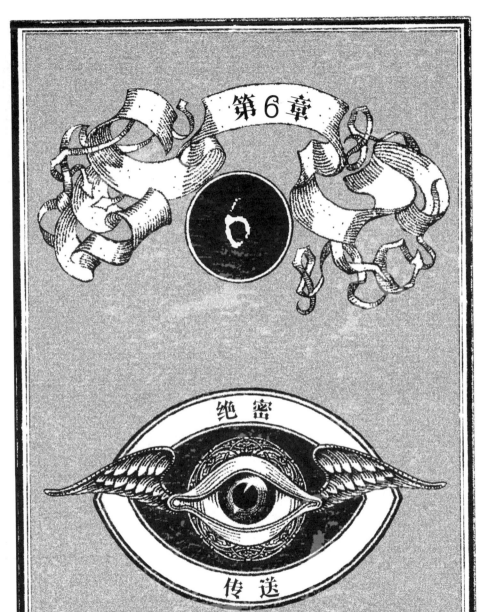

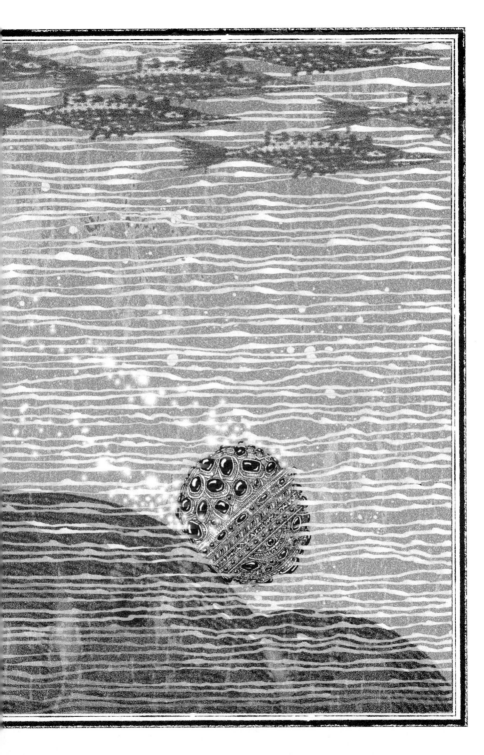

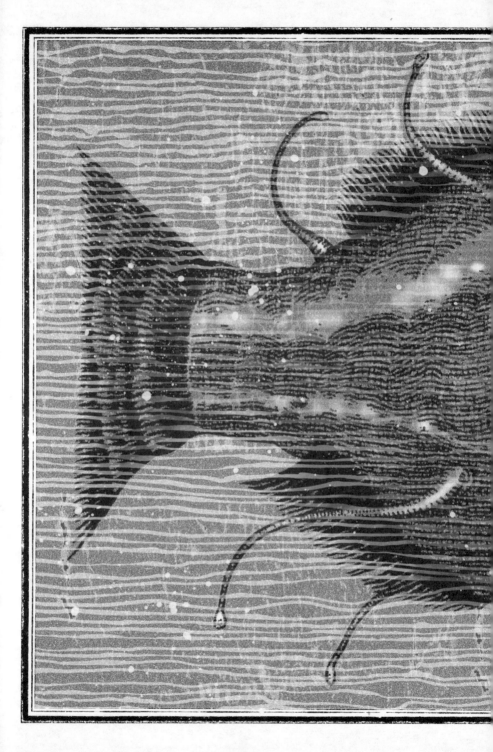

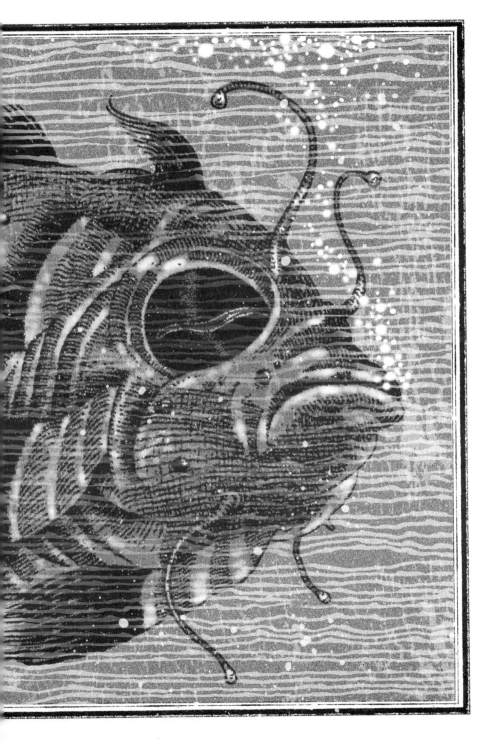

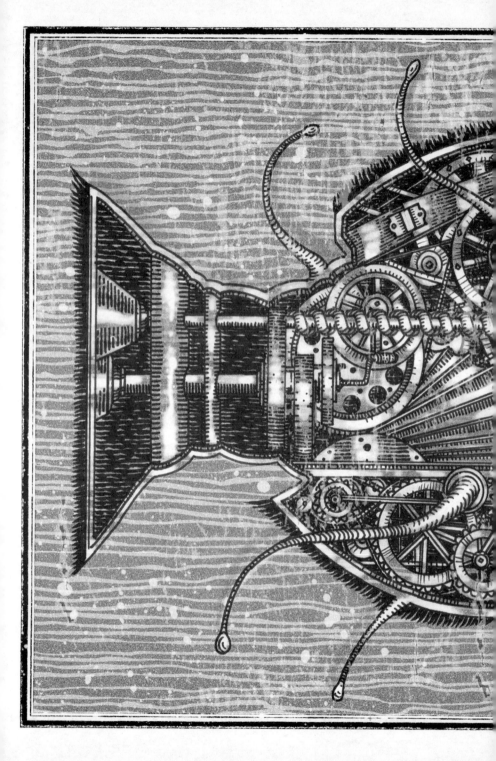

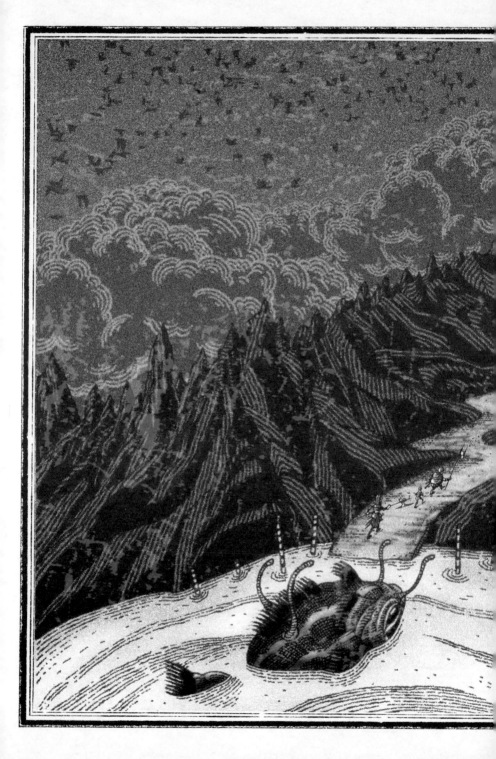

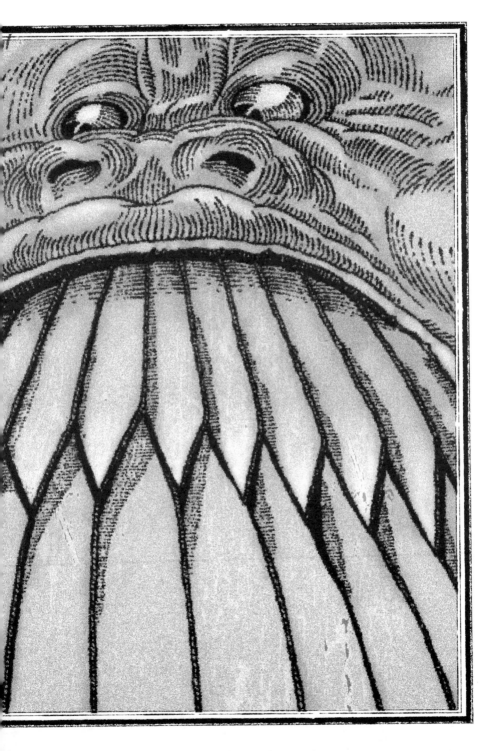

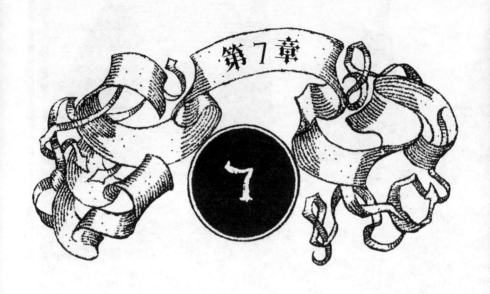

第7章

7

威菲尔跟着外务大臣，脚步沉重地走下旋转楼梯，膝盖抬得高高的。咔咔贝在他身边不安地拍打着翅膀。

他担心的不仅是这位特邀客人的安全。他考虑的也不仅是如果一位精灵使者在王宫视野范围内溺水而亡，会引发怎样的外交灾难。大家感到不安的是，万一这位精灵客人意外死亡，妖精国王高赫会采取什么行动。

高赫经常让那些惹他生气的人失踪。

威菲尔和外务大臣来到一处楼梯平台上，这里有个巨大的、满身是刺的金属球，旁边是一根大曲柄。有一个敞开的舱门通到金属球里。

"快，档案管理员！"她催促道，"快进来！"

金属球内的墙壁上，固定着一些带有天鹅绒垫的板凳。威菲尔、外务大臣和几个卫兵坐下来，扣上安全带。外面，一位随从"咣当"把门关上。外务大臣拉了拉一根链条，铃响了。

金属球立刻就被放了出去，顺着一个斜槽往下滑。这道沟槽从王宫直接通向城门。金属球蹦跳、翻滚，发出打雷般的声音。每个人都在座位上被抛过来抛过去，胳膊胡乱挥舞。外务大臣嚷嚷着发号施令，可是谁也听不清她的话。咔咔贝紧紧地抓住威菲尔的肩膀，直到她发现尖叫着悬在这个滚动的房间中央反倒更省劲些。

金属球顺着沟槽往前滚，经过那些牢固的城市防御工事：围墙、护城河、堞口、弩炮、吊桥、插满尖矛的陷阱、带刀刃的城门，以及巨型的机械研磨机。

金属球在城墙外的一个沙坑里停住了。

外务大臣在突然而来的沉默中大喊："——高赫国王，不管发生什么事，我们都保证把那位精灵安全送到。"

威菲尔从金属球里钻出来，感到头晕目眩，还有点恶心，这时外务大臣已经在跟看守城门的人说话了。

这是摩尔城门，特尼比昂城的正式入口。其宏伟壮观，由青铜打造，形状是某个被遗忘的神的狰狞面孔。它愤怒地紧蹙眉头，龇牙咧嘴，瞪着荒凉的德鲁姆高原。

神的牙齿像剑一般锋利。如果有敌人入侵，摩尔城门可以将他们碾成碎片。

外务大臣焦虑地紧紧抱起双臂。"一切都会顺利的。"她对自己说，"一艘潜艇已经把他送到岸边。此刻卫兵正在把他带过来。"

十五分钟后，精灵使者和他的护送者才到达摩尔城门。

威菲尔几乎等不及了。一想到客人马上就要到了，他就满心的兴奋难耐。

有这么多话要说！这么多的事情要了解！

喇叭吹了起来。齿轮嘎嘎地响。摩尔城门打开时，威菲尔又一次默念他早已烂熟于心的开场白："问候来自邦克鲁尔山另一边的旅人！问候飞越天空来到我们城门的贵客！问候精灵王国的使者！问候精灵王国的特使！欢迎您来到特尼比昂城，我们神奇的首都，我们至高无上的国王高赫的国土！"

金属牙齿吱吱嘎嘎地张开了。布朗万·斯普吉的模样一点点显露出来——那两条瘦弱的手臂，那个紧紧抱在胸前的球形盒子。

咔咔贝快乐地尖叫着，想去迎接这位新朋友。

威菲尔兴奋得有点发晕，他张开双臂，快步冲上前去。

"问候——"他开口道。

他没有再说下去。

精灵向后晕倒了。

"哦。"威菲尔说。

外务大臣吓坏了。"你们怎么搞的？"她咬牙切齿地问。

"这完全不是我想象中的欢迎仪式。"档案管理员威菲尔低头看着倒地的精灵说道，"我们要不要给他一记耳光？"

几个卫兵不安地互相看看。其中一个摘下了自己的锁子甲护手。

"绝对不行。"外务大臣说，"如果留下巴掌印，可能会导致一起国际事件。档案管理员威菲尔，把昏迷的精灵抬进你为他准备的房间，密切观察他，确保他苏醒。务必好生照顾他。"

卫兵们用担架抬着使者，跟着威菲尔走过弯弯曲曲的街道。

布朗万·斯普吉导师个子很高，脸色苍白，身体精瘦结实，骨节粗大。即使现在神志不清，他看上去也有一股傲气，不过倒没什么可害怕的。毕竟，精灵和妖精差别不是很大，是不是？威菲尔想起了那句俗话：精灵和妖精差不多，都长着一对尖耳朵。果然不错。

"我们给他盖好被子。"威菲尔说。他打开前门的锁。卫兵们嘟嘟囔囔地从他身边走进他家时，他问道："哦——你们有没有人知道精灵是不是对巧克力过敏呢？扇贝壳和瓢虫形状的小迎宾巧克力？表示友好的小糖果？"

警卫官静静地看了他一会儿，然后慢慢眨了一下眼睛。回答似乎是否定的，她并不知道精灵和巧克力的事。

他们把丑陋笨拙的精灵放在客床上，给他盖好被子，然后轻轻关上了门。

"谢谢。"威菲尔对每一个卫兵说，"谢谢。谢谢。谢谢。哦，谢谢，真的很感谢。"

一个矮矮的灰头发妖精站在他身边，穿着鼓鼓囊囊的灰色长袍："档案管理员威菲尔，我是安全部长派来的。"

"你能来真是太好了。"威菲尔小声说。他轻轻拍了拍空气，"拜托你小声说话，我们的客人睡着了。"

"是啊。"灰头发妖精说，声音和刚才一样响，"等他苏醒过来，我们希望你密切观察他的一举一动。我们需要一份报告。"

"没问题，没问题。"威菲尔说。

"你的房子外面会有卫兵放哨。"

"好的。只要他们不让我们的客人感到，嗯，感到自己被监视或不受欢迎就行。"

"实际上，他就是被监视和不受欢迎的。"

威菲尔严肃地举起一根手指："不是不受欢迎！不是不受欢迎！根据我们古老的待客之道，客人一旦经过允许跨过我们的门槛，我们就有责任保证他的安全，不然我们就会名誉扫地。"

来自安全部的灰头发妖精在门口停住了："如果他去了不该去的地方，你的名誉会受到威胁，你的生命也会面临危险。我根本不关心精灵的安全，档案管理员威菲尔。我认识的许多人都死在他们手中。"

灰头发妖精皱起眉头离开了。

威菲尔满心的烦恼和担忧。他心烦意乱地挠着咔咔贝的后背，用手指梳理她那一小撮触须。

一个小时过去了，精灵使者那里没有传出任何话语，于是威菲尔走过去，站在门边倾听。他听到一种轻微的噼啪声和一些喃喃低语。

他不明白是怎么回事。

第9章

9

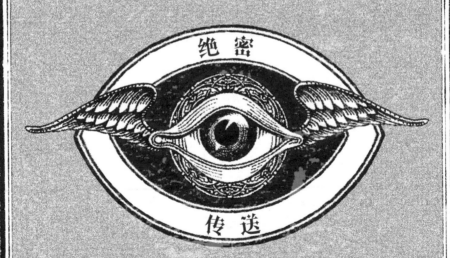

绝密

传送

第 10 章

10

威菲尔轻轻敲了敲客房的门。

低语声停止了。一阵窸窸窣窣。接着传来一个响亮的声音，说的是妖精语："进来！"

威菲尔走进去，鞠了一躬。

布朗万·斯普吉导师端着架子站在床边，好像在为雕刻一尊所向无敌的大将军的塑像摆姿势。

"我带来了敦霍姆的精灵国王的问候，"斯普吉导师说，"期盼着——那儿有只虫子！"

"哦。"威菲尔叫道，扭身去看斯普吉导师指的地方，"那是我的鱼头精，她叫咔咔贝。"咔咔贝停在威菲尔的肩头，他用嘴唇轻轻地蹭她。"她的样子像一条小墨鱼，但我管她叫我的小墨墨。你是不是我的小墨墨呀？她的名字是咔咔贝，我叫她贝贝。她是个很乖的小姑娘。是个优秀的小姑娘。是学校里最出色的小女生。"

布朗万·斯普吉做了个鬼脸，继续说道："我为什么没有站在邪恶之王面前？"

威菲尔没有听懂："抱歉——你说谁？"

"邪恶之王高赫。"

"啊！你说的是至高无上的高赫，人民之友。"

"我有一份礼物要交给他，一块价值连城的宝石，是你们的祖先雕刻的工艺品，那时候你们的族人还没有穿越邦克鲁尔山进入这片领地。"

"高赫陛下希望我在接下来的几天照看这件珍贵的礼物，并跟你交谈它的历史及渊源。我还要带你去欣赏我们这座美丽城市的名胜古迹，你回去之后可以把它的辉煌告诉敦霍姆。"

"我此行的目的是把一件珍贵的宝物交给你们的黑暗君主。我只把宝物交给他。其他任何事情都有失精灵民族的尊严。"

威菲尔摆弄着门把手，把它往前一拧，又往后一拧，听着门闩的咔嗒声："你不应该……你知道，导师，你不应该对高赫有过多的期望。他来自另一个地方。"

"我也来自另一个地方，要求得到认可。"

"我说的那个地方要遥远得多，是另一个世界。高赫非常神秘莫测。就连他的身形也难以弄清楚。跟他最亲近的大臣都搞不清他的全貌。说起来你也许不信，不知道有多少仆人因为喂他吃东西喂错了方向而被砍掉脑袋。"

"我不明白。"

"高赫是从另一个世界过来统治我们的。我们对他言听计从。他非常强大，同时也很不寻常。"

"那么我作为精灵国王的皇家使者，什么时候把我引见给他呢？"

"当他要求见我们的时候。我相信他非常盼望以他自己的方式接见你。谁不盼望呢，尊贵的客人？"（威菲尔志忑不安地又鞠了一躬。）"我们就等待高赫神圣的心血来潮吧。与此同时，我要带你看看这座城市。今天晚上，杜勃家邀请我们去吃晚饭，他们是一个非常富有、显赫的妖精家族——极其精致——因熟悉精灵文化的知识而出名。他们家族里曾经有过一个精灵，通过联姻的方式。他们特别盼望款待你。"

"我不能把宝石留在这里。我必须用我的生命保护它。"布朗万·斯普吉伸出手，摸了摸装宝石的金属盒子。

"你想随身携带吗？"威菲尔问，"你可以带着它去赴晚宴。我相信杜勃一家会珍惜目睹它的机会。一件这么宝贵的历史古物。我自己也迫不及待想看到并跟你一起谈论它，探讨它能告诉我们的关于我们两个种族的古老历史以及——"

"我不会把它从盒子里拿出来的。"

听了这话，威菲尔不知道该作何反应。他有责任检查宝石，同时也有责任让他的客人感到安全和受欢迎。一时间，他只是说："如你所愿吧，尊贵的客人。"他鞠了一躬，"不过……在你把它交给我们的高赫国王之前，我需要先看一下。"

"我得到的命令是必须把它安全地锁在盒子里，直到我亲手把它交给高赫。它是无价之宝。"

这让威菲尔感到为难了。事情进展得不太顺利。他想不出别的话来。"我给你拿一些点心来吧？你想吃水果吗？"他问道，"果盘里装了各种水果，供你挑选。苹果，橘子，梨。"

"给我一个梨吧。"

"梨的一边有点疤痕。我把有疤的那边朝下放着。它们是摆出来做样子的。也许你可以吃一个苹果。"

布朗万·斯普吉点点头："我就吃个苹果吧。"

"这些苹果都是很好的苹果。"

威菲尔过去拿果盘。他很高兴斯普吉导师至少还对苹果有兴趣。在妖精王国里，水果是很稀罕的东西，大都是从人类那里进口到南边来的。德鲁姆高原上没有果园——不像精灵王国，那里的水果和葡萄园远近闻名。

威菲尔把果盘递给客人，注视着布朗万·斯普吉拿起一个苹果咬了一口。

　　"很好吃，是不是？对，使劲嚼一嚼。咽下去。再咬一口！再嚼一嚼，尊贵的客人。等你准备好了，我们就去杜勃古堡。卫兵会陪我们一起去。是为了你的安全，当然——你的安全。再嚼一嚼。"

　　斯普吉导师点了点头。他又咔嚓咬了一口苹果，跟着威菲尔走进了起居室。威菲尔忙着戴上正式的兜帽，布朗万·斯普吉不再嚼苹果了，惊恐地盯着挂在窗边架子上的那些疙里疙瘩的灰绿色衣服。

　　"那是什么？"他恶心得喉头发紧，问道。

　　"哦！"威菲尔大笑起来，"是我的皮。我以前的皮。我们每过几年就要蜕一层皮，并把它们都保存着。"他拎起自己十岁时的那只软绵绵的手。"美好的回忆。"他说，"能看到自己正在长成什么样、曾经是什么样，这是非常重要的。"

　　"真恶心。"布朗万·斯普吉小声嘟囔，"当然，我从书里读到过你们会蜕皮……但不知道你们还把这些皮留着，到处乱放。"

　　威菲尔提醒自己，布朗万·斯普吉是他的客人，也许只需要一两天就能习惯妖精的行为方式。威菲尔相信过不了多久，他们俩就会成为最好的朋友。

　　"妖精的皮是珍贵的宝物！"威菲尔说，"它们是我们的历史。有些喜欢手工艺品的家庭，甚至还用干豆子把皮填满，摆出他们喜欢的各种造型——比如一个热烈的拥抱，或一次难忘的野餐。"

布朗万·斯普吉放下苹果，嘴角扭出一丝苦笑："我很惊讶它们竟然没有腐烂。"

"哦，不会！有些可以保存好几代呢。我小的时候，我父母还留着我曾祖母的最后一张皮。想想吧：我可以用——用这只手——抚摸她的手！"他拎起自己儿时那张皮上皱缩的手指，大声说道，"想想那份荣幸吧！"

威菲尔等着精灵称赞他的家族传统，然而布朗万·斯普吉只是厌恶地盯着他昔日的那些干瘪的脸。对威菲尔来说，它们记录了他的过往。他为它们而骄傲，看到客人只用厌恶的眼光看待它们，他感到有点尴尬。

于是威菲尔想改变话题。"你准备好出发了吗？"他问，"好像苹果已经吃完了。"

"我想要一根链子，"布朗万·斯普吉说，"把这个装宝石的神圣的盒子穿起来，挂在我的脖子上，这样就能随身携带了。"

"会不会非常，嗯，非常重呢，我可爱的同伴？"

"我是为了精灵王国负重而行。"

威菲尔耸了耸肩："我的自行车上可能有链条。请稍等。"他下楼去了地窖，拿上来一根链条。两人一起把链条穿过金属盒子的把手，套在精灵的脖子上。

"这样你是不是就满意了，最优秀的客人？"

链条当啷啷地响。盒子很大，挂在身上沉甸甸的。布朗万·斯普吉被它坠得微微有些驼背。

威菲尔告诉自己，客人需要一些时间来信任他们，然后他们就能敞开心扉交谈了。"舒服吗？那我们就走吧！"他高兴地说。

他打开前门的门闩。布朗万·斯普吉的那个苹果并没有吃完，就那样扔在了桌上。

他们走到外面，布朗万·斯普吉惊愕地往后一个趔趄。

威菲尔家的周围非常拥挤热闹，一片喧嚣。一大
群孩子在鹅卵石路上跑来跑去，用粉笔玩着各种令人费解的
游戏。一个男人把洗干净的湿衣服晾在阳台上，一边恶狠狠
地威胁他的邻居。一位妖精女子下班回家，两只尖尖的大耳
朵间挂着一串串金链子。她的木头高跟鞋踩在石板路上嗒嗒
响。一辆载着神职人员的豪华彩车慢慢地驶过，拉车的是一
群野兽。一个糖果小贩大声叫卖着有嚼头的美味甜品，图尔
姆钟乳石的形状上撒满了霜晶。小路那头，空气中充斥着锡
匠和铜匠的聒噪声，如同一道道火苗。就连房顶上的乌鸦也

在互相吵架。

在这片吵闹和喧哗声中，威菲尔喊道："我一直盼着带你看看我们的城市！"

他总是特别喜欢进入狭窄的小街和小巷的那一刻，不管是从凉爽安静的家里出来，还是从连接特尼比昂城中心的那道输送槽里出来。城市的城墙是那么刻板、那么毫无生气，而一旦穿过城门——到处都生机勃勃，威菲尔愉快地想，到处都富有生命。

布朗万·斯普吉脸色苍白。噪声让他皱起了眉头。他脖子上挂着链条，链条上那个花哨的大盒子吱吱嘎嘎地来回摇晃，使他的样子显得很可笑。

威菲尔很同情这个可怜的精灵，他看上去与周围的环境格格不入。

威菲尔愉快地喊道："这边走！"

两个卫兵跟着威菲尔和他的客人。

一群孩子把他们团团围住，盯着精灵那张古怪而惨白的脸。

"喂，四眼狗！"一个女人在窗口喊道，"威菲尔！看来你终于放下那些枯燥乏味的大厚书，走出家门了！"

"没想到被这群小笨蛋打了个埋伏！你这些讨厌的小崽子！现在到底有多少个了？你能记得清哪些是你生的吗？小浑蛋们都直勾勾地瞪着我的客人！"

女人哈哈大笑："他们看到你这么个乏味的人竟然能

找到一个朋友，都惊讶坏了！"

威菲尔开心地放声大笑，挥了挥手。

他们穿过人群时，布朗万·斯普吉喃喃地说："多么讨厌的女人。"

这次轮到威菲尔大吃一惊了："她是我最亲密的朋友。她的家人就像我的家人一样。"

"那你为什么嘲笑她的孩子多？"

威菲尔吃吃地笑了："哦，这个嘛！这是一个古老的妖精习俗：关系越铁的人，你越喜欢拿他开玩笑。这显示了你们的交情有多好。"

"可以出言不逊、人身攻击？"

"如果你对一个完全陌生的人说这些话，对方肯定要跟你决斗。"他朝一个经过的小伙子挥了挥手，大声喊道，"还是一如既往地丑啊，罗戈伯特！"

小伙子也朝他挥挥手，笑眯眯地嚷道："我满肚子都是对你的仇恨，你这个老冬烘，腐烂发霉的大粪包！"

威菲尔把双手一拍："你看到了吧，我非常喜欢我的左邻右舍。为了保证他们的安全，我甚至甘愿去死。可是，只要一踏入这道城门，我就必须藏起我的笑容。城门里的人不认识我。"

特尼比昂城一环套一环，环与环之间有高墙隔开。越靠近城中心的王宫的地段，装饰越豪华，住房和宅第也越高贵气派。

进入城门后，威菲尔不再说话，他不想让客人感到自己不受欢迎，但他心里清楚，一旦离开他自己的地盘，就会有刺探的目光盯着这位精灵客人。这么多妖精都曾在战争中失去自己的父母、兄弟姐妹和亲生骨肉。威菲尔庆幸他们身后跟着两个卫兵，不然可能会发生暴力冲突。

虽然有卫兵证明他们是在办公事，可是当他们走在桥上，穿过蜿蜒曲折的街道时，威菲尔知道安全部的线人正匆匆跑去告密，似乎与一个精灵并排走路就构成了犯罪。

他们到处都受到监视。

威菲尔领着布朗万·斯普吉走过拥挤的街道，一边指着各处景点："那是拉格维大神庙，是三百多年前建造的。""这是我们的砸冰球体育馆。砸冰球是我们最流行的体育项目。也许你愿意去看一场比赛？我们可以坐在后面几排，免得身上溅到太多的血。""哦，那是我们的妖精童子军，盛装打扮要去参加阅兵式呢。他们穿着小铠甲的样子是不是很可爱？瞧那些戴着小头盔的小脸蛋！""这是一座纪念碑，纪念所有在第三次与精灵的战争中阵亡的妖精。雕刻得多么悲壮啊。"

布朗万·斯普吉默默地盯着每一座建筑，似乎想把它们牢牢地记在心里。

两位学者和他们的卫兵穿过赶集的人群。妖精们会远远地绕开，以避免碰到精灵。

但是，他们故意狠狠地碰撞精灵的妖精向导威菲尔，就好像是不小心碰到他似的。人们经过时会用肘部捣一下档案管理员，用胳膊使劲撞他，或者踩他的尖头鞋。有几个人虽然说着"哎哟，对不起"，但声音刺耳，含着讥讽。

"嗨。"威菲尔说，他的一个脚指头被踩痛了，走路一跳一跳的，"今天街上人真多啊！你也看到了，特尼比昂是一座充满生机的城市！一个理想的地方，适合——哎哟，哦——适合娶妻生子，安居乐业。"

骨瘦如柴的精灵皱起了眉头。

"左边这座建筑是高贵的法庭，我们在这里开庭审判。看到那边了吗？越过那道墙？那个尖尖的水晶尖顶塔是闪电井。"

精灵瞪大眼睛看着那座古怪的建筑："闪电井？"

"哦，是啊。"威菲尔说，看到客人表示出了兴趣，他很高兴，"它是我们魔法力量的源泉。它的能量照亮了整座城市。"

"多么令人惊叹的设计。我们可以近距离看看吗？"

"那是禁区，由叉头兽看守。你说得对，聪慧睿智的客人，它确实令人惊叹。它是护国君高赫首次来到我们这里时带过来的。"

"真神奇啊。"

"你在明亮的特尼比昂城会发现许多神奇的景观。就拿这个来说吧，这是一座猫的塑像，它曾经扑灭过火灾。"

威菲尔就这样说个不停，后来一扭头，才发现他的客人已经不在身边。就在他感到紧张的时候，人群分开，布朗万·斯普吉跌跌撞撞地走了出来，一副备受折磨的样子。

也就在这时，他们来到了杜勃古堡。迎接他们的是一长队妖精吹号手，他们穿着妖精制服，吹奏出刺耳嘹亮的曲子。

两人一路上遭受了那么多侮辱，现在总算松了口气。

门突然打开。

一些妖精朝他们冲了过来。

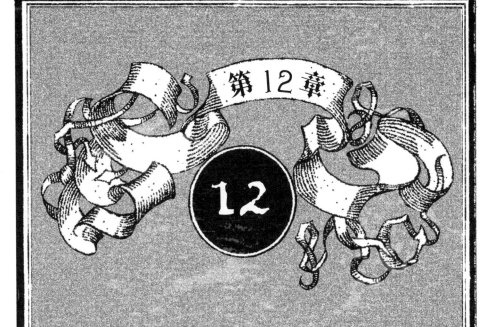

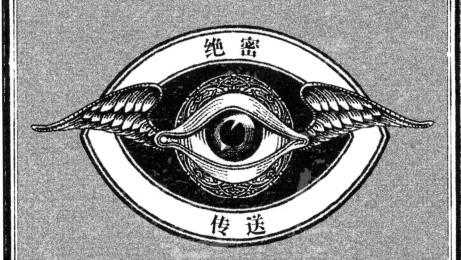

护国君高赫

万岁

冲出来迎接他们的，是富裕的杜勃一家。

"我们一直盼着你们呢。"杜勃夫人用妖精语大声说道，同时一把抓住布朗万·斯普吉的两只手，指甲都陷进了他的掌心里。她眨眨眼睛，操着一口不太流利的精灵语："我们很高兴给你吃东西，把你的肚子塞得鼓鼓的，斯普吉导师。"

"是不是很美妙？"威菲尔用无可挑剔的精灵语说，"杜勃夫人和她全家都学习了你们的语言。他们想让你感到完全像在家里一样。"

精灵客人只是张着嘴巴，呆呆地瞪着她。

杜勃夫人亲切地微微一笑，说道："我要用我的房子砸你。"

威菲尔说："我猜她的意思是今晚把她的家都交给你。她的家就是你的家。"

杜勃夫人点点头："我用我的家使劲砸你，砸许多遍。"然后她用妖精语说，"说得对吗？"

"差不多，杜勃夫人。"威菲尔说着鞠了一躬，"不过当然啦，你的嗓音太优美了，简直让人没法专心听你说的话。"

杜勃夫人哈哈大笑，然后召唤她的孩子们，他们蹦蹦跳跳地来了，都穿着小精灵的衣服，打扮得古里古怪。"快给斯普吉导师问好，照我教你们的那样。"她催促道。孩子们异口同声地用精灵语说："我们给你大大的问候，先生！洒满你的全身！"

威菲尔高兴地看到，杜勃全家都为这次晚宴穿上了漂亮的精灵服装。他们显然颇费了一番功夫：精灵服装并不适合妖精的身体，所以他们用别针把袖子固定住，并把接缝处扯开，让自己能喘得上气。

"杜勃夫人，"威菲尔说，"你真是太神奇了。你是热情待客的典范。"

他们走上楼梯，引路的是杜勃夫人的表弟里奇巴·杜勃，一位肌肉发达的妖精绅士，看上去能徒手捏碎一条龙的脑袋。不过他对斯普吉很温和，用妖精语跟斯普吉小声交谈："我表姐非常喜欢你们的文化。我们希望这只是两个王国之间的第一次接触，精灵贵宾斯普吉。从现在开始，我要忘记我在战争中以各种方式杀害的所有那些精灵，也不再想被你们的人射死、刺死、砍死的我的那些朋友。哦，还有从空中被烧死的，关在牢里不给饭吃饿死的。今晚，我表姐只想让你感觉舒服自在，受到欢迎。"

布朗万·斯普吉一脸的疑惑，似乎并没感觉舒服自在，受到欢迎。

在豪华的餐厅里，这个贵族家庭用沉甸甸的银盘子端出了各种精灵美食。有棉花糖做的拱门、油酥点心做的塔楼，还有展翅欲飞的油烤禽鸟。威菲尔知道他们一定花了很多天才找到这些食材，并在厨房里把它们一道道做出来。他感激得几乎热泪盈眶。

"杜勃夫人！"他激动地喊道，"啊！啊！斯普吉导师，看看这场盛宴吧！每个细节都无可挑剔！"

"说实在的，"杜勃夫人推心置腹地说，"我们虽然尽了最大努力，但并不是每个小细节都很到位。很抱歉，我们不得不用了几样替代品，档案管理员。比如，邦克鲁尔山里找不到真正的蜂鸟，我们只好烤了一批小嘴乌鸦代替。但是你会发现风铃草酱汁和风味浓汤绝对是正宗的。你不会发现丝毫的差别！"然后，她尽量用她那磕磕巴巴的精灵语对客人说道："加入吧！我要求你把脸钻进肉里，开始咬它！"她引着斯普吉导师往前走，"咬啊，不客气的新客人——咬啊！"

斯普吉端着十足的架子走到桌前，坐了下来。其他客人——骑士和将军、历史学家、几位艺术家和商人——也上前一一落座。

杜勃夫人小声对威菲尔说："你说，他会觉得很震撼吗？"

他们偷偷看了一眼精灵。斯普吉一副目瞪口呆的样子。

威菲尔露出一个大大的笑容："那是肯定的。你把每个细节都考虑到了。"

"一个真正的精灵。"她惊叹道，"想想吧，就在今天早晨，他还在白色的敦霍姆城堡吃早饭，周围都是精灵王国的那些骑士。"

"但是能成为杜勃夫人晚宴的座上客更是一件幸事。"

杜勃夫人哈哈大笑，然后压低声音问道："说真的，我的精灵语说得怎么样？"

"毫无瑕疵，夫人，像你本人一样。"

她朝威菲尔扬起眉毛："你知道我不爱听假话的，你这个老蛤蟆。"

威菲尔简直无法言说自己的喜悦。被杜勃夫人称作老蛤蟆！老蛤蟆！今晚他就要平步青云啦。

他害羞地笑了笑。"可怕。"他说，"听你说话，好像你被一头驴卡住了嗓子。"

杜勃夫人大笑起来，一把搂住了威菲尔。她使劲捏了捏他的肩膀，说道："你是个讨厌的干巴小老头儿！"

威菲尔高兴地鞠了个躬，来到他的客人身边。杜勃夫人的表弟，那个魁梧粗壮的勇士里奇巴，正把身子凑向斯普吉说着："我本人在战争中对精灵算是很客气的。"他把一只手按在胸前，"大多数妖精逮到精灵俘虏之后，都从肘部砍断他们的胳膊。但我不是，先生。不是。即使在目睹布拉吉利大屠杀的惨状之后，我也总是把你们精灵的手从腕处砍断。"他咧嘴大笑。

斯普吉一脸的不适。他用精灵语对威菲尔说："这个男人真可怕。"

威菲尔说："杜勃先生是一位军人，不是外交官。你必须对他多多担待。"

里奇巴焦急地问："你们俩在说什么？"

"在开玩笑。"威菲尔说，"精灵语特别适合在晚会上闲聊天。"

里奇巴说："我刚才正跟斯普吉导师说，我在战争中对我的精灵俘虏是很客气的。比如，当我必须处死精灵骑士时，我总是保证一斧头就砍掉他的脑袋。干脆利落。"

威菲尔鞠了个躬："我相信我们尊贵的客人很欣赏你的高效和仁慈——正义就像你的斧头一样锋利而果断。"

不等精灵斯普吉提出反驳，威菲尔就拉着他的胳膊肘把他引开了。

斯普吉问道："他们是在讥笑我吗？是在奚落我吗？穿着乱剪乱改的精灵衣服，嘲弄我们精灵遭受的苦难？"

"哦，不是！不是，导师！他们只是想让你高兴！"

"这算哪门子让我高兴——"

喇叭声响起，大家纷纷落座。杜勃夫人拿起一个瓷盘子，"哗啦"一声摔碎在地上，根据传统，这是晚宴正式开始的信号。妖精们高兴地开始切割他们面前的食物。

真好吃啊。威菲尔简直像进了天堂一样。他经常在书里读到精灵的美食，但其中的大部分菜式他从未尝过。他跟周围的每个人聊天，频频微笑。他看着孩子们的笑脸，看着其他客人油汪汪的面颊，心里暗想，这才是妖精生活应该有的样子啊：吃吃喝喝，说说笑笑。他轻声对斯普吉导师说："什么也比不上跟朋友们在一起，是不是？就像我们的女主人说的，把你的脸钻进肉里，开始咬吧！"

他以为对方会哈哈大笑。斯普吉却没有说话，似乎被吃的什么东西噎住了。

威菲尔放下他餐具里那套最大的刀叉。

"你没事吧，尊贵的客人？"

斯普吉做了个苦脸，从嘴里掏出一团东西，裹在了餐巾里。

杜勃夫人正密切地注视着这位使者。她显然注意到他吃得并不开心。

"斯普吉导师，"她说，"也许应该来点音乐，稳一稳你的胃？"她打了个手势，一位坐在台子上的游吟诗人慢慢滑了出来。"他会唱几首你们国家的精灵歌曲，都是我们家里人特别喜欢的。"她举起手挥了挥。

游吟诗人开始引吭高歌，唱的是敦霍姆的一首流行歌曲，名叫《你的金发（亮得像几道阳光）》。

威菲尔和杜勃夫人立刻就发现斯普吉皱起了眉头。精灵歌曲显然不合他的意。

威菲尔低下头，生怕得罪对方，他轻声提议："对不起，夫人，对不起，对不起，但是夫人，也许我们可以请游吟诗人弹一支妖精的歌曲？一支诗人熟悉的歌曲？我们尊贵的客人可能更喜欢听听我们的音乐，毕竟他不辞辛苦，大老远地来到我们这个繁荣的国度。"

诗人呆板地、勉为其难地演唱完那首精灵歌曲后，杜勃夫人宣布道："现在游吟诗人要弹唱一首我们妖精民族的伟大史诗，给我们的宴会助兴。《瓦冈德的挽歌》写于一千年前。只要还有妖精在弹唱，只要地球上还存在疣子和尖耳朵，我们就会听到这支曲子。"

游吟诗人听说他不必再用精灵语唱歌了，似乎松了口气。他闭上眼睛，沉吟良久。餐桌上一片安静。人们在坐垫上轻轻移动身体，或把盘子推远一点，以免它们在诗人歌唱时发出声响。

游吟诗人在竖管琴上弹拨了几个音符。威菲尔立刻就被那古老的旋律所陶醉，它就像母亲的眼泪一样熟悉和令人心碎。歌词是古妖精语，它是妖精英雄瓦冈德在精灵国王迪哥拉沃摧毁了他的城市之后唱的一首歌，那时精灵大军已经占领了森林。歌里描绘了他们永远失去的家园：果林、清凉的湖泊、温暖的森林、绿油油的田野。弹拨的调子怪异而不和谐，《瓦冈德的挽歌》就应该是这样，似乎旋律本身也被放逐了。游吟诗人的技艺超群，威菲尔简直无法相信他能演唱得这么细腻精湛，他减弱某些词的力量，让其他句子像清晨的记忆一样绽放光芒。

"这是一首什么歌？"斯普吉导师小声问，"我听不懂。"

威菲尔为了给客人宽心，说道："哦，你当然听不懂——这是古妖精语。即使妖精学生也很难听得懂。当然！当然！"

"是一种战争的呐喊吗？"

威菲尔说："哦，不，不，不是！怎么说呢——啊，是的，它说的是一千年前迪哥拉沃国王侵占妖精城市的事。但它是一首爱情歌曲，怀念一个只存在于惆怅的记忆中的地方，我们都希望——"

"这就是你们的待客之道？"斯普吉导师问，"叫你们的游吟诗人唱一首屠杀我们人民的战争歌谣？我听出了他声音里的情绪！"

"这个，"威菲尔说，"古妖精语是一种比较刺耳难听的语言，爆破音有点重，但其实并不——"

"这就是你们的待客之道？"斯普吉的声音提高了一点，"唱一首攻击迪哥拉沃的歌，他可是我们最伟大的英雄，是我们精灵民族的创始人！"

威菲尔担忧地看了看餐桌旁的其他客人。他们都气呼呼地瞪着这位精灵。杜勃夫人满脸怒容。威菲尔把一只手放在斯普吉的手腕上想制止他——然而斯普吉继续说道："我是精灵国王的特派使者！国王陛下——愿他永生——是迪哥拉沃王的直系后裔。"他粗暴地站了起来。游吟诗人的竖管琴"咔嗒"一下停住了。斯普吉嚷道："是迪哥拉沃清除了森林的黑暗。"

　　"友好的客人，"威菲尔轻声说，"我们住在森林里的时候，森林并没有现在黑暗。'挽歌'中怀念的我们的森林曾是明亮、温暖、充满了芳香气息的。"

　　可是斯普吉根本不听："你们这倒霉的王国和我一直以来听说的没什么两样！是一个只对战争感兴趣的野蛮国家！没有自己的文化！只好借用我们的文化，我们是这个世界上最精致的民族——我们的宫廷是有史以来最伟大、最高贵、最美丽的，它的塔楼高耸入云——你们的美食只是精灵食物的翻版，做得古怪而难吃，你们的华服也只是精灵的服装被糟改得丑陋而怪异，穿在你们禽兽般的身体上，你们还在歌里嘲笑我们伟大的英雄！你们的国家就像我们被警告过的那样不堪！"

　　威菲尔感到胃里一阵难受。他相信肯定是什么地方产生了误会。他想，这次晚宴很可能会以暴力收场。但他此刻需要保护好他的客人。餐桌旁的每个妖精都想着要跟这个精灵决个你死我活。杜勃夫人不再瞪着斯普吉了。她在检查她的那套餐刀。

"杜勃……杜勃夫人，我们真的得告辞了，时间已经……已经好几点了。对不起，对不起。真是对不起。卫兵？"两个卫兵走上前，站在斯普吉导师的两边。

桌旁的其他妖精都站了起来，威菲尔不知道他们是出于礼貌还是为了示威。他们都把手放在餐具上。

"嗯，杜勃夫人。这真是一次非常丰盛的晚宴，请，啊，请，啊，请允许我这个'老蛤蟆'这么说。"

杜勃夫人眯起了眼睛。"我不认为我曾经这么称呼你。"她说，"如果我这么说过，我道歉。"她慢慢地、斟词酌句地说："我再也不会叫你老蛤蟆了，尊贵的客人。"

听到"尊贵的客人"这几个字，威菲尔不寒而栗。被自己的朋友这样称呼，真是太令人寒心了。他不由得猜想，在斯普吉导师返回他的国家之后，自己还能活多久。

两位学者退身离开，卫兵不错眼珠地盯着晚宴上的一举一动。

客人们手中的餐刀噼里啪啦掉在了地上。

第14章

回家的路好像永远也走不完。夜晚一片漆黑，妖精们的眼睛在窗口和小巷里闪烁。卫兵警惕地注视着周围，防止有人袭击。精灵此刻也沉默了，似乎已经得到了教训。他战战兢兢，显然在为自己的生命担忧。

威菲尔也提心吊胆，非常害怕，无法宽慰他的客人。他偶尔说上一两句"如果光线够亮，能看清的话，你肯定会喜欢这座建筑上的雕刻"，或者"那边有一家特别棒的服装店"。可是想到事情完全出了差错，他感觉心里沉甸甸的。他无法独自把谈话继续进行下去。

于是，他们垂头丧气地回到威菲尔家，走进了门。

威菲尔把大门锁紧，闩牢。

如果消息传开，他不知该怎么面对那些邻居。一个精灵在一位贵妇人家里公然对妖精们出言不逊。真是一场灾难啊。

精灵使者走进客房，关上了门。威菲尔听见这位学者把一把椅子拖到了门把手下面。

威菲尔把鱼头精叫了过来，咔咔贝在他肩膀上跳来跳去。他轻轻地抚摸她，把她紧紧贴在自己的脸颊上。看来，天底下只有咔咔贝是关心他的。咔咔贝不明白出了什么差错，但这对他反倒是一种安慰："哦，咔咔贝。贝贝，好姑娘。贝贝。从窗口飞进来的最臭臭的小姑娘。"

威菲尔小心翼翼地走到床边时，听见精灵的房间里又像先前一样传出了低低的嘟囔声。

他把耳朵贴在客房的门上，却一个字也听不清。

他跪下来，透过钥匙孔往里看。

精灵平躺着，嘴里喃喃地念着咒语。

威菲尔知道那是咒语，因为精灵浮在床的上方，离床几英寸，周围都是噼啪作响的火星。

威菲尔不知道自己惹上了什么麻烦。

那天夜里他没有睡觉，而是坐在自家的屋顶花园里，注视着他所在的这座城市，他深爱的、面临危险的城市，他发愁自己该怎样熬过接下来的一天。

第15章

净手团

伊索莱特·克莱夫斯勋爵

致精灵王国军队首席大将军

巴利甘将军大人

将军大人：

我们的学者外交官布朗万·斯普吉导师，代号"野草"，目前已抵达妖精王国首都特尼比昂城十八个小时。

现在回答您的问题。没有，他并非安全到达。遇到了一些危险。您知道，出现了一条三头飞龙。他坠落到一个水蛇出没的山地湖中。而那些妖精，自不必说，都是非常下作的小玩意儿。他的东道主跟人握手时像是要一口吞掉对方的脸。尖尖的牙齿，难以名状。那张妖精脸一如既往的丑陋。

最高大法官可能已经告诉过您，我们净手团有一种魔法装置，可以获取我们的密探从那里发来的信息。每当野草有一小时独处的时间，避开妖精们窥探的目光，他就进入某种催眠状态，开始在脑子里想象他希望呈现给我们的、他所看到的东西。他十分专注地想象。然后念咒语，然后魔法就会出现……他的思想就会嗖嗖地飞越邦克鲁尔山。我们净手团白色大理石客厅里的那些年轻人有一种类似接收器的东西，连接着一台印刷机。那是用黄铜、银子、金子和龙骨做的大机器。他们把一张纸放在印刷机上，然后合上盖子，再次打开印刷机时，纸上就会有一幅画，画面上正是野草的所思所想，印得清清楚楚。

当然，将军大人，这方法并不是十全十美。画面并非百分之百是他看到的，而是他脑海中所想象的。是他幻想出来的形象。所以，我们只能仰仗他的善于观察。

正因为此，我们庆幸当初选择了老野草。他不仅会说一口流利的妖精语，就像那些天生长着疣子和爪子的妖精一样，而且他还知道自己在看什么。他是一位历史学家，是研究几个世纪以来妖精和精灵之间战争的专家。给他点时间慢慢来吧，将军大人。

最高大法官说了，我们可以把他已经发来的几幅图像借给您过目。

我们从他发来的图像里能看到什么呢？首先，特尼比昂城是一个很龌龊的地方，这是不用说的，妖精们都生活在极度的肮脏、污秽和贫困之中。他们都是卑鄙、可怕的小野人。比如，他们有一支军队——士兵的个头似乎比孩子高不了多少。您可以看到，将军大人，队伍在行军：一二一，左右左，等等。他们准备冲出来摧毁我们美丽的王国，正和我们怀疑的一样。妖精一门心思只关心战争。他们除了准备攻击我们，放火烧毁我们的家园，就是模仿我们精致的生活方式，吃精灵的食物，千方百计想跟我们一样。当然，模仿得很失败。真是可悲可叹。

　　请特别留意可怕的妖精妇女——那些野蛮的、大声咆哮的家伙。我们知道妖精妇女可以跟男人一起并肩作战，掌管大权——她们都是粗笨丑陋的野兽，完全不像我们精灵贵族的名媛淑女，凭着自己的天生丽质、柔弱精致，注定会给社交界增光添彩。这是妖精野蛮的又一个例子。他们没有高贵的气质和骑士精神。

　　请好好看看邪恶大王高赫的宣传海报吧。我们甚至不知道这可怕的家伙到底是什么物种。战争期间，我们讯问过被俘的妖精士兵，他们告诉了我们一些谣言，说高赫不是这个世界的人，而是某种不知道是什么的怪物，来自某个天知道是哪里的地方。现在看来这似乎是真的。这就是我们要面对的庞然巨怪。

　　这些图像中，最有趣的要数墙后面那个尖尖的玩意儿。我们认为那肯定就是传说中的闪电井，是妖精许多魔法力量的来源。将军大人，这也是我们请野草格外留意观察的东西之一。我们叫他悄悄走到闪电井周围，弄清它的工作原理。这次只是散步路过，但我们希望他在接下来的一两天能回去仔细看看。需要做一点侦察工作，从事一些真正的间谍活动——然后他就会把他的所见用图像发给我们。

将军大人，请您耐心等待。您是否感到这一切都极为有趣？

很快就会有更多消息。我对野草充满信心。

伊索莱特·克莱夫斯，间谍组织首脑

卢内斯勋爵

净手团

接下来的几天，威菲尔的日子可不好过。他很积极地想带精灵使者到各处去看看，然而似乎什么都不能让布朗万·斯普吉导师感到高兴。

既然斯普吉不喜欢杜勃一家煞费苦心烹饪的精灵菜肴，威菲尔就带他去一家高档餐馆，让他品尝当地的妖精美食：在梅子酱里滋滋冒油的生猛猩猩肉排，在浓郁、辛辣的伯嘉山区奶酪里漂浮的苔藓。烟熏蛇颈龙，嘎嘣松脆的炸蹄筋，还有大名鼎鼎的德鲁姆高原的各种泡菜。人们储存泡菜，以应付冬天积雪太深、无法种植蔬菜的日子，以及夏末火风暴肆虐的天气——火风暴来时，妖精们被迫接连许多天蜷缩在家里，要出门必须裹上厚厚的长铝衣。五花八门的泡菜，用山坡上生长的香料腌制。每家每户都把泡菜存放在昏暗的土窖和地下室里，每家每户都有自己的配方，是祖祖辈辈传下来的。

斯普吉连连作呕。他把盘子推开，喃喃地说所有的东西都太辣了。烟熏味儿太重。味道太浓。太油腻。作料的气味儿都太冲。

威菲尔猜想，斯普吉可能有兴趣了解妖精们对最近几次抗击精灵的战争的看法，于是两人去参观特尼比昂城城垛上的一座纪念物。这是一组雕像，一对妖精夫妇无限思念地向院落那头伸出双臂，那里有他们的一对儿女。两人都大睁着眼睛，却早已没有了生命，精灵的石矛断在了他们的身体里。这是一组极具感染力的雕塑。

斯普吉却认为它毫无品味："如果你们不想让士兵失去生命，当初就不该发动战争。"

"我们没有发动战争。"威菲尔很想反驳，但想起自己是东道主，顶嘴是不礼貌的，就什么也没说，只勉强地笑了笑。

自从第一个夜晚看见斯普吉陷入催眠状态之后，威菲尔就知道，他的客人在向敦霍姆发送某种信息。这让威菲尔更拿定了主意，必须做一个出色的东道主。特别是必须让这位精灵被特尼比昂城的奇观和热情深深折服。

然而困难的是，斯普吉导师似乎不怎么爱说话。威菲尔曾经梦想两人可以夜以继日地交流两种不同文化的历史掌故和种种观点——两位学者同人！

　　但没想到，对于威菲尔所有彬彬有礼的问题，斯普吉都只报以最简短的回答。

　　"那么，"威菲尔问，"你是在哪里学习历史的？加努兰大学？乌尔桥？隐形学院？"

　　"嗯。"斯普吉说。

　　"在那之前呢？你小时候上的是敦霍姆贵族学校吗？"

　　"对。"斯普吉说。然后便是沉默。

　　"与精灵的贵族圈和骑士界的辉煌人物密切接触，一定很有意思。"威菲尔等待对方回答。

　　斯普吉看着他，一言不发。

　　威菲尔不知道该怎么办了。如果客人既不好好回答他的问题，也不向他提问，他是没法把谈话进行下去的。

　　威菲尔的母亲经常对他说，应该多问一些跟对方有关的问题。"这样比较礼貌。表示你对他很感兴趣。"母亲说，"对方会更喜欢你，因为几乎每个人都喜欢谈论自己。而且，这也比你只说自己有意思得多。你对自己已经很了解了。而如果不提问，你就永远不会听到有趣的故事。其实有趣的故事到处都有。就连最乏味无趣的人也会有一个有趣的故事。"

　　于是，威菲尔就想问问斯普吉关于敦霍姆的情况：

"我一直想看看那些著名的精灵图书馆。特别是我听说有一个叫净手团图书馆的地方，里面的插图书是在世界上其他地方都找不到的。非常稀罕。极其稀罕。堪称美妙的传说。这是真的吗？"

斯普吉的眼睛转向左边，又转向右边。他舔了舔嘴唇，没有回答。

更令人沮丧的是，威菲尔看出他和这位精灵在许多方面都非常相似。他知道两人都出身贫寒。两人都拿到奖学金，进了为权贵子弟开办的学校。两人都毕生致力于研究妖精和精灵冲突的历史。

于是，威菲尔努力向斯普吉展示妖精文化和历史的辉煌。他把斯普吉介绍给妖精社会的精英，介绍给那些舞蹈家、歌唱家、画家、教师和对历史有业余爱好的商人，以及他在特尼比昂城认识的最善良、最有好奇心的一些人。见到精灵使者，每个人都非常激动，态度和蔼亲切。可是斯普吉很少说话。他直挺挺地坐在那里，看上去既尴尬又自命不凡。

威菲尔带他去拉格维大神庙，听合唱团演唱《黑暗的教训》。唱到安静的部分，斯普吉一副百无聊赖的样子。唱到喧闹、激愤的部分，斯普吉直眨眼睛，似乎被那些噪声吵得很烦。

不过，当威菲尔带着他的客人赶场子一般参加各种活动时，他在心里暗暗发誓：我要让他看到特尼比昂城能提供的最好的事物，然后他就只能把光彩夺目的报告发送回去——关于我们这座城市，关于它的璀璨文化，以及它的热情好客！

　　威菲尔想：这怎么可能会出错呢……?

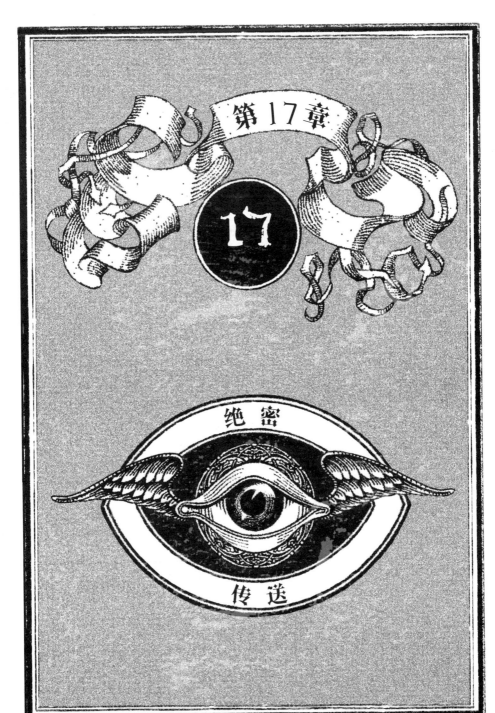

第 18 章

我要尽量让他看到妖精也是很有趣的！威菲尔想，于是在一场猛烈的雷暴雨中，他把斯普吉带到街上，看孩子们从一个屋顶跳到另一个屋顶，手里举着精心制作的金属魔杖，想要接住一道道闪电。

"看！"威菲尔说，"这场面是不是很欢乐？"

斯普吉看上去不以为然。

花卉节的母女大游行似乎让斯普吉感到很痛苦。《鲜花进行曲》的歌声是不是太吵了？又或者是精灵不熟悉活的龙腾花和四季盛开的蛇怪舌花？威菲尔的这位精灵客人显然对花卉的舞蹈感到紧张不安，但那本该是体现了妖精和自然界之间的奇妙联系呀。每当植物把舞者抛到空中，或缠绵而热情地亲吻一个女人时，精灵就会皱起眉头，就好像女人的脑袋正在被咬掉似的。

斯普吉导师似乎对庄严肃穆的名流皮肤展也不太满意。虽然有很多有趣的立体模型，但他对那些著名妖精英雄和演员蜕掉的皮没有丝毫兴趣。参观结束时，他甚至都不想摸一下智者维提格林的皮以祈求好运。

看来威菲尔不可能成功了。

事实上，似乎只有一件事是斯普吉导师喜欢的——而那导致他的生命受到了威胁。

事情是这样的。

一天傍晚，他们在一座桥下的餐馆吃饭，威菲尔抬头一看，发现杜勃夫人的表弟里奇巴走了进来。就在威菲尔注视他的时候，里奇巴看见了精灵客人，立刻皱起了眉头。他走到他们俩的桌旁站住，恶狠狠地瞪起了眼睛。他准是在野练场参加完军事演习之后进来吃点东西的。他穿着轻型铠甲，浑身汗津津的，沾满了泥土和草屑，散发着一股不太好闻的气味。他身边跟着几个朋友，也都是一副随时会发怒的样子。

威菲尔真是不敢相信，斯普吉的恶劣表现不仅使他遭受种种委屈，现在还受到特尼比昂城最显赫的贵族家庭一名成员的威胁。

"哟，这不是里奇巴·杜勃吗？"威菲尔底气不足地说，暗自希望不要发生什么灾难性事件，"我无法相信我此刻坐在这家餐馆里吃饭，其实我完全可以坐在家里，回忆上星期你的表姐杜勃夫人家那场晚宴的美妙滋味。我可以在我的舌尖上反复呷摸回味那些精致的美食。"他做出厌恶的样子，推开面前的盘子，"其他食物，滚开！我只想回忆杜勃夫人的慷慨和仁慈！"

里奇巴·杜勃在他们桌旁重重地坐了下来。

他用大拇指点了点斯普吉导师，嘟囔道："这只苍白的小爬虫怎么还没有滚回他的洞里去？"

威菲尔注视着斯普吉的脸上依次出现了几种情绪：先是惊讶，然后是愤慨，接着，斯普吉导师似乎突然想到了什么……他一定是想到了妖精为了显示关系亲密而故意说的那种侮辱话。精灵使者勉强挤出一丝笑容，表示自己开得起玩笑。

不幸的是，这不是在开玩笑。里奇巴当时一心只想杀人，他正在寻衅干架。

威菲尔轻轻摇摇头，想提醒自己的客人。他结结巴巴地大声谈论起了天气，然而，精灵已经很笨拙地开始结交朋友了："我倒是想说一句很高兴再次见到你，杜勃先生，可惜不行啊，因为你身上的臭味就像德鲁姆高原上正在腐烂的死马。"他笑嘻嘻的，为自己的话感到很得意。

里奇巴·杜勃开始急促地喘气。他说："我要把你撕得粉碎，精灵。我要把你那两条苍白的、瘦巴巴的胳膊都揪下来，让你生不如死。"

斯普吉看着威菲尔，想弄清到底是怎么回事。威菲尔感到心里一阵发虚。

"这就有点极端了，"斯普吉说，"我们还不算铁哥们儿呢，你为什么不从取笑我的鼻子开始呢？"

"我要像磨碎奶酪一样把你喉咙里的肉碾成碎渣。"

"怎么，这真的是精髓所在吗？也许我没有搞明白。"

威菲尔鼓起勇气，插嘴说道："里奇巴·杜勃，这位精灵是我的客人，我对他负有责任，如果想对他动武，必须先过我这一关。"他想让自己的语气显得勇敢一些，但声音不受控制地微微发颤。

"我的这番侮辱话说得对吗？"斯普吉问威菲尔，完全没有意识到对方已经为他拔出了刀子，"反正是杜勃先生先挑起来的。"

杜勃先生皱起眉头："所有的事情都是精灵挑起的。"他探过身，让唾沫星子溅到使者的鸡肉馅饼上，"比如最近的那场战争。"

斯普吉叠起餐巾，放在盘子旁边。"年轻人，"他说，"我很不愿意纠正你，因为我们刚成为可靠的朋友，但是最近这场战争的起因是一大群妖精无缘无故地冲出邦克鲁尔山，摧毁了边境小镇普鲁伦顿。"

威菲尔心里大为紧张。斯普吉千不该万不该，怎么能提起最近这场战争的话题，让妖精们想起有多少亲朋好友惨死在抗击精灵的战斗中呢？

里奇巴反驳道："那是你们国王的说辞。你们那个卑鄙的精灵国王。那是他的说辞。他可能没有告诉过你们，早在几天之前的夜里，他的卫兵偷袭了我们边境的一座城堡，屠杀了里面所有的人。这就是精灵的做派。懦弱。狡诈。鬼鬼祟祟。骑在狮鹫的背上。身后是整个普鲁伦顿小镇。"

威菲尔带着一种歇斯底里的欢快语气说道："在不同的国家，人们对同一件事有着不同的观点，这是不是很有意思？历史学家们可以做的一件事情，是通过友好的辩论，消除这些小小的误解，让——"

"这绝对不是事实。"斯普吉轻蔑地说，"我看过官方文献，他们只字未提——"

"怎么，你是说我在撒谎？"

威菲尔挽起斯普吉的胳膊："我们不应该谈论战争。我们双方都失去了那么多……"

斯普吉傲慢地说："如果你们没有发动战争，就什么也不会失去。"

"斯普吉导师，斯普吉导师，斯普吉导师，快跟我走吧。"威菲尔拉着学者的胳膊催促道，"斯普吉导师？"

斯普吉被东道主拽着，跌跌撞撞地离开了桌子。就在这时，里奇巴·杜勃一跃而起。他和他的那些朋友都拔出武器，站成了一个方阵。

"这些人是谁？"斯普吉问。

威菲尔惊恐地看到，里奇巴·杜勃和他的朋友们开始投掷刀子和斧头。

斯普吉尖叫一声，猫腰躲闪。

斯普吉发现，不知为何他的脑袋并没有被劈成两半，于是他抬起了目光。武器的铿锵声响成一片。

几个年轻人在玩杂技。他们来来回回地互相抛接武器，展示自己的力量和敏捷。与此同时，他们的眼睛充满杀气地盯着精灵的使者斯普吉导师。

这是传统的宣战舞，是勇士们在战斗开始前跳的舞蹈，目的是威吓对方。接下来就是他们一刀把你砍死，速度快得你丝毫感觉不到。

除非他们想让你有感觉，甚至会折磨你好几个小时。

刀刃来回旋转，在餐馆火把的映照下闪着寒光。里奇巴·杜勃和他的伙伴在炫耀他们作战的威力。

斯普吉的盘子被整整齐齐地劈成了两半。其中一半飞到了地上。

侍者们跑进了厨房。

斯普吉很骄傲，毫不退缩。威菲尔对他肃然起敬。斯普吉似乎准备光荣地赴死了。

威菲尔低声说："斯普吉导师不仅受到我的保护！"里奇巴·杜勃接住空中的一把战斧，等着听他往下说。威菲尔解释道，"他还受到我们敬爱的统治者高赫的保护。他是我们国家正式邀请的客人。"

这时，一路跟随他们的两个卫兵走上前来。

里奇巴讥笑道："难道他自己不能保护自己吗？"

威菲尔深鞠一躬："等他返回自己的国家之后，你可以用打算处置他的方式来处置我。"

"他是我们至高无上的高赫请来的客人？"

"确实如此。"

里奇巴顿时垂头丧气，说道："世外国王陛下万岁。"

"是的。国王万岁。"威菲尔说着，又鞠了一躬。

里奇巴·杜勃眼睛里带着杀气，点了点头，退出了餐馆。他的朋友们也跟了出去。

威菲尔紧张得几乎连气都喘不过来了。

两个卫兵坚定地站在餐桌两边。

威菲尔转过头，看见斯普吉已经又坐了下来。这位精灵学者拿起留在桌上的那一半鸡肉馅饼，正在往嘴里送。他拈起一片泡菜，第一次吃得津津有味。

　　"一次非常精彩的妖精武术表演。"精灵客人高兴地说，"杜勃先生真是太慷慨了，专门为我安排了这场古老的妖精民间艺术表演。我听战场上回来的精灵骑士们讲过，但从没想到自己能够亲眼见到。好了，请你告诉我：一般来说，这是否会直接导致两国开战，如果不是像刚才那样为了友谊而表演？"

　　威菲尔跌坐进椅子里。他的胳膊瘫软无力。他的心脏仍在狂跳。"你为什么那么做？"他听到自己在说，"你为什么要以那样的方式谈论战争？我们都曾失去过家人和朋友！"

　　"我无法忍受谬误。"

　　威菲尔直视着他的客人。他克制不住自己的情绪了。他说："我心爱的女朋友就死于那次战争。她死在精灵的前线。她的名字叫布兰奇蓬。她死了。"

　　说完，他仿佛看见斯普吉导师露出了羞愧的神情。但只是短暂的一瞬。斯普吉的嘴唇动了动，似乎想说"对不起"，却什么也没有说出来。

　　威菲尔疲惫地想重新做一个热情的东道主。他无法相信自己竟然让客人感到了内疚："快把馅饼吃了吧，斯普吉导师。一小时后，我们要去看妖精戏剧《末日山洞里的爱情鸟》。我已经买好票了。"

斯普吉摆弄着没有被战斧劈到的那一半鸡肉馅饼，有些尴尬地说："你下次见到里奇巴·杜勃的时候，请代我向他道歉。"

我下次见到里奇巴·杜勃的时候，威菲尔想，他会抢起一把双手剑砍掉我的脑袋。然后我就什么也看不见了。

"还要感谢他为我表演的战舞。"斯普吉说，"请告诉他，战舞让我增长不少见识。"

第20章

20

净手团

伊索莱特·克莱夫斯勋爵

致精灵王国的国王陛下

尊贵的陛下：

　　我们每天都会收到我们称之为"野草"的那位间谍的情报，他被安插进（也可以说被植入）最黑暗的特尼比昂城。

　　我们用弩箭把野草射出去之前，曾非常明确地告诉他："听着，野草，我们需要你去窥探闪电井。它是许多妖精魔法的来源。"于是我们等待着，陛下。我们收到的图像反映了妖精们惯常的疯狂状态——他们的争争吵吵，他们阴森恐怖的酷刑室，以及很多女人被食肉植物吞噬的画面——然而，关于那口魔法井，我们得到的只是最简单的草图。

陛下，我们净手团的成员比您更为焦虑。

在这里我必须承认，我上学时就认识同为校友的野草，他从来都不是一个特别勇敢的家伙。从一开始，他就是个贫穷的、骨瘦如柴的小窝囊废，住宿舍的第一个星期总是哭哭啼啼，因为不能在家里守着爸爸妈妈了。他害怕任何有钱有势、有贵族头衔的人。您可以想象，陛下，他没有交到多少朋友。从那以后，每次我们把他绑在课桌上放火烧桌子，或者我和其他级长为了开个小玩笑，把他拖到土窖里，强迫他吃墓穴蠕虫，或抬脚猛踢他那苍白的小脑袋时，他总是吓得屁滚尿流。

早在那个时候，他就是野草：谁都不会正眼看他。我们经常提醒他这一点。

因此，他也许故态复萌，没有胆量为我们好好打探情报。

这是问题吗，陛下？当然不是；请相信您谦卑的净手团吧。我们是很懂行的，我尊贵的国王、君主兼密友。

我还给野草制订了其他的计划。在此不便多说。我今天去跟巴利甘大将军商讨了行动方案。

目前，陛下，我们会等待闪电井的图像。然后我们就会迅速采取下一步行动。

关于今天下午两点半的那场半人马马球赛，您愿意下几注吗？

咱们竞技场上见。

间谍组织首脑伊索莱特·克莱夫斯

卢内斯勋爵

净手团

第21章

21

第二天，布朗万·斯普吉失踪了。

事情是这样的：

威菲尔想，斯普吉作为一名来访的历史学家，应该会对历史剧感兴趣，就带他去看一场长达二十个小时的歌剧——《古路维德的惨败及后续事件》。

当然啦，这出歌剧像其他所有东西一样，完全没能引起精灵的兴趣。

大约下午六点钟的时候，斯普吉探过身来小声说道："这痛苦的折磨一共多长时间？"

"大约二十个小时，尊贵的客人，会略微有些出入，就看他们选择喜剧收场还是悲剧收场了。"

斯普吉把眼睛转向一边，又转向另一边："恐怕我的肚子有点不舒服，泡菜吃得太多了。"

"真是太遗憾了！怎么办呢？"

"没什么，档案管理员威菲尔。千万别为了我添麻烦。你好好坐着。"

"你也坐好，尊贵的客人！"

"我必须去找厕所。"

"请允许我问一下管理人员。"

"不，不。我自己去就行了。我一时半会儿可能回不来。"

"说实在的，我必须给你引路。"

"太感谢了，档案管理员，但我不想闹出动静来。"

威菲尔举起一只手表示祝福："愿平静和安宁降临你的肠胃，就像薄雾笼罩潺潺的激流。"

"我拜托你不要谈到流水。请原谅。"

精灵半站起身，顺着那排椅子往外走，悄悄溜出了剧场。

威菲尔把注意力转回歌剧。他希望可怜的斯普吉很快能好受一些。

舞台上，布鲁琳达和格基加一边用木剑比武，一边唱着一首爱情二重唱。接着出现了几个跳舞的地精。从远处看不太清，很像是受过训练的老鼠在表演，但非常有趣。

当威菲尔注意到斯普吉还没有回来时，已经一个小时过去了。

妖精看了看表，顿时紧张起来。他弯着腰，扭动着身体从其他观众身边走过："请原谅。请原谅。请原谅，尊敬的先生。"他走进门厅，顺着石头楼梯跑向厕所。只有一间厕所门是关着的。

他敲门。没有回音。

"斯普吉导师？极好的朋友？"没有回答，"难道你脑袋枕着膝盖睡着了？"他砰砰地砸门，"斯普吉导师！"

没有动静。

现在是威菲尔感到肚子不舒服了……如果斯普吉有个三长两短，他肯定是要负责任的，没准儿还会掉脑袋。万一斯普吉根本就没有上厕所，而是逃跑了呢……为什么？……斯普吉不可能走远。有两个卫兵在剧院大门口站岗呢。

他冲下楼梯，把脑袋探出剧院大门。分配给他和斯普吉的那两个卫兵手拿长矛，笔挺挺地站在那里。

"你们好。"威菲尔说，"有没有看见斯普吉导师？"

他们转过脸来看着他："有什么问题吗，档案管理员？"

"哦，没有。没有，没有，没有，没有。没有，没有，没有，没有，没有，没有，没有，没有。没有什么问题。他准是进厕所了。"

"我们去核实一下。"一个卫兵说。

"不需要！完全没有必要！你们待着就好了。要不要我在小吃店给你们买点吃的？"

他砰地把门关上，又跑回楼上的厕所。他知道斯普吉不可能从前门离开，所以肯定还在厕所里面。

除非，威菲尔突然意识到……哦，糟了。

威菲尔发疯似的拉了一下关着的厕所门。门是从里面闩上的。他绝望地拼命砸门。

情急之下，他把手伸进口袋，掏出一支羽毛笔。他把笔插在门和门框之间，小心翼翼地上下滑动。他用羽毛笔的笔尖轻轻拨开了插销。

门一下子开了。

里面是个很小的隔间，有一把中间带圆洞的木头座椅。

根本就不见精灵的影子。

布朗万·斯普吉失踪了。

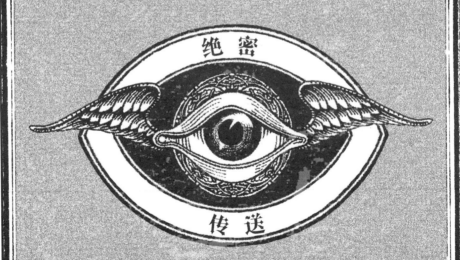

绝密

传送

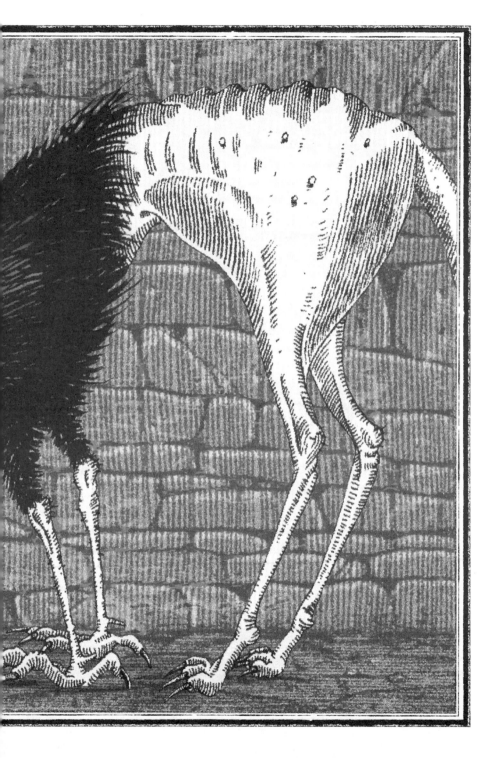

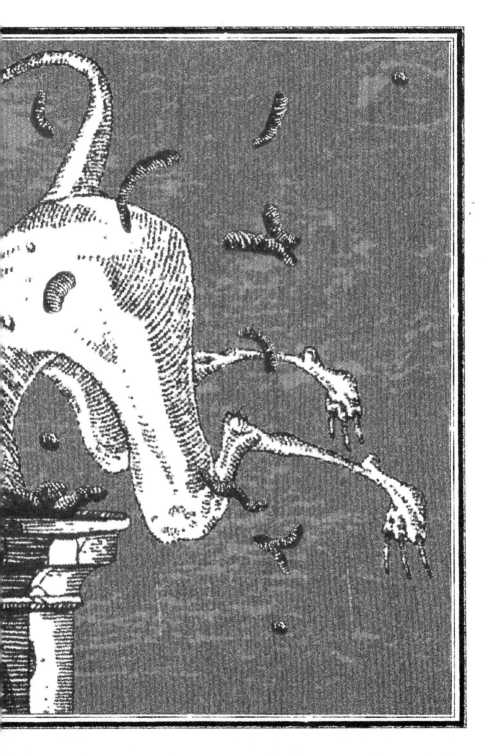

第23章

威菲尔惊慌失措。他盯着马桶,感觉自己疙里疙瘩的脸上顿时血色全无。他既担心客人的安全,也担心自己的安全。秘密警察如果知道他把精灵给弄丢了,肯定不会高兴的。

他趴在马桶上面往下看。从那个洞爬出去,跳到下面的街道上是很容易的。斯普吉准是跑出去刺探情报了。

威菲尔把脑袋从洞里探出去,在小巷里来回扫视。小巷的尽头有各种高档商店的招牌:眼镜铺、诊所、精品厨具店、高端定制女士手套店。但是不见一个人影。

他心里非常愤怒。斯普吉辜负了他的信任。

他从马桶上抬起头，挪动着双膝，看见一个戴着几串珍珠项链的妖精贵妇正狠狠地瞪着他。

"我只是在呕吐，夫人。"他道歉说，"那个扮演布鲁琳达的尖嗓子鹰身女妖真的不应该开口唱歌。"他站起身，不失体面地离开了厕所。

他在走廊里来回踱步，不知道该怎么办。如果他告诉卫兵斯普吉失踪了，那一切就完蛋了。他会丢尽脸面，也许还会因为疏忽大意而被砍掉脑袋。

另一方面，如果他没有告诉卫兵，而是他们自己发现了呢？那他的罪行就更严重了。叛国罪。

说还是不说？说还是不说？这个问题在他脑海里绝望地盘旋。

有人拍了拍他的肩膀。

斯普吉？

他转过身来。

是一名秘密警察的卫兵。

"你确定没有问题吗，档案管理员？你似乎有点担心。"

"担心？"

卫兵往走廊两头看了看："那个精灵呢？"

"精灵，"威菲尔说，"精灵！"

他不知道还能说什么。他觉得自己像个白痴一样，嘴巴一张一合。

"他在哪儿？"卫兵疑惑地问。

"我很担心他。"

卫兵端起长矛，准备搏斗："怎么回事？"

威菲尔长长地叹了一口气。这为他赢得了几秒钟时间。然后他说："哦，这不是你用武器能够解决的事。不，不。不！他肚子不舒服。他吃了一根变质的酸黄瓜。精灵的内脏非常娇气。他们的消化道、肠子什么的都很脆弱。只能吃金叶子和风铃草。哈哈。他在上厕所呢。我估计他会在里面待上一段时间。"威菲尔笑了，"很长很长的一段时间。"

卫兵看上去将信将疑："我要不要去看看他？"

"当然不要，我挑剔的朋友！你可不能在一个精灵使者办大事的时候随便敲他的门！对精灵来说，生活的方方面面都是艺术。哪怕是上厕所这件事，他们也只想做得美丽而优雅。敲门，等于是在朝一位正在画远山日落杰作的大艺术家扔飞盘啊。"

"……远山？"

"你在剧院里我的位子上坐一会儿，我在这儿等精灵，好吗？你肯定想看《古路维德的惨败》。这可是八世纪妖精文化的经典之作。"

卫兵似乎疑虑未消。

"坐回去。放松心情。要不要在小吃店买包葵花子？"

卫兵拿定了主意："我要检查一下厕所。"他噔噔噔地朝楼梯走去。

“不！不，不！你会打扰他的！”威菲尔跳上台阶，拉住卫兵的袖子，“别忘记艺术！精灵的生活艺术！就像一幅日落的风景画！古老的森林沐浴在晚霞中，褐色的悬崖，还有塔尖——远处一座城堡的塔尖，在余晖的映照下，变成了灿烂夺目的黄金！”

卫兵转向他：“你在隐瞒什么，档案管理员？你想隐瞒我什么？”

卫兵朝厕所门走去，几扇门都关着。

“不要！”威菲尔尖着嗓子说。

卫兵敲了敲第一扇门。一个女人喊道：“有人！”

“不要！”威菲尔恳求。

卫兵敲了敲第二扇门。一个男孩喊道：“干吗？”

“住手！”威菲尔一把抓住卫兵，想把他拉开。

卫兵探过身，用长矛砸了砸第三扇也是最后一扇关着的门。

“求求你！”威菲尔啜泣着说，“不要啊！”

门开了。

“你们不用这样大惊小怪。”布朗万·斯普吉说着从厕所里走出来，浑身是汗，“没有人跟你们抢。”

马桶里传来一声可怕的、尖厉的咆哮。

斯普吉导师鼻孔朝天，从两个妖精身边走过，返回自己的座位。

第24章

威菲尔气呼呼地坐在布朗万·斯普吉身边，几乎听不见台上的歌剧表演。他一辈子都在研究精灵文化，但是在那一刻，他恨透了精灵。所有的精灵。

他想到了在最近的精灵战争中惨死的妖精。那些被摧毁的边境城镇。那些暴行和屠杀的故事。寺庙被毁。房子被炸。妖精孩子们在田野上大声尖叫着左拐右拐，躲避那些骑着狮鹫飞来的精灵；精灵骑士们从空中往下俯冲，骑着狮鹫把一团团魔法火焰喷向烟雾缭绕的黑色天空。

斯普吉坐在那里，身上散发着一股恶臭。威菲尔无法忍受这种臭味。

他再也做不到彬彬有礼了。他压低声音说："你刚才在做什么？你在哪儿？"

有那么一会儿，斯普吉竟然显得有点羞怯："我刚才……只是想一个人待着。"

"你去了哪儿？"

"我只是在街上闲逛了几分钟。我必须透透气。我是个穷学者——不习惯有人盯着我的一举一动。"

威菲尔盯着他的眼睛："你跟我说的是实话吗？"

"是的。"精灵毫不犹豫地回答。

"但愿如此。你知道，我是你的东道主，我的命运和你紧密相连。"

两人的注意力都已不在歌剧上。舞台上有一艘假船，合唱队唱着"乌拉！"在上面跳上跳下，围着桅杆转圈儿。

"如果你不喜欢看歌剧，"威菲尔说，"我们就没有理由呆坐在这里，像两颗烂在架子上的葡萄柚一样。"

"好吧。"斯普吉说，于是两人起身离开了。

他们走出剧院，一言不发地继续往前走。卫兵们跟在后面。

他们在这座山城里漫步。人们像往常一样盯着精灵，但说实在的，威菲尔并不在乎。

有一次他在马路中间停下来，说了句："不要滥用我的热情好客！"

然后他跺着脚向前走。布朗万·斯普吉看上去有点惊讶。

他们返回妖精的家。经过那些邻居时，威菲尔甚至没有停下来辱骂他们。他径直走了进去，反身关上了前门。

两名卫兵举着长矛站在外面的街上。

斯普吉站在客房的门口："晚安，威菲尔。"

威菲尔没有面对他。"晚安。"他用尽量冷淡的语气说。

"我知道你……尽力了。"精灵说，"对此我非常感谢。"

"'尽力了'。"威菲尔恶狠狠地重复了一句。就好像妖精就得尽力给精灵留下好印象似的。

"我说了'感谢'。"

"我听见你说了。那些话。"

威菲尔听到门咔嗒一声关上了。

斯普吉把自己关在客房里之后，整个房子就笼罩在了阴影中，威菲尔走过去坐在他的一张皮旁边。这张皮，是他七年前在一场与精灵的战争中蜕下的。他把它披在身上时，仿佛变成了另一个人：更年轻，更快乐。

他摸了摸自己那张年轻时候的脸，想起了心爱的布兰奇蓬。他多么希望她能陪在他身边，帮助他一起接待这位客人啊。他想象着布兰奇蓬——甜美的、风风火火的布兰奇蓬——轻声地鼓励他，两人共同忙忙碌碌，确保精灵的晚餐总是有上等的美酒，早餐总是有健康的全麦吐司。"别担心那个瘪三精灵。"她会说，"他很快就不会来烦得我们掉头发了。倒不是说你头发多，你这个干巴巴的秃顶老蜥蜴。"

她含蓄的骂人方式……

他枯坐在漆黑的房间里，回想起他第一次知道——真正地知道——她心里有他时的情景。他们在德列兹纳燃烧的田野里野餐。起初，两人都很拘谨，互相彬彬有礼。他一直没有胆量约她出去。他只是个档案管理员，而她是妖精军队的军官，是一名中尉。她曾独自一人杀死了一个狂暴的食人魔。

"我来拎一会儿野餐篮子好吗，中尉？"

"你这么说真是太周到了，档案管理员。"

晚上，天空和大部分土地都变成了红色，他们坐在一起，吃着冷火鸡腿，戴着绿色的遮阳镜，看着熔岩燃烧。

他跟她谈了军事史，以及过去各个时代的战略和战术问题。他讲的历史上那些军队调动和包抄演习的故事，把她深深地吸引住了。她也说了一些现代战争故事。他们谈到一千年前，妖精们幸福地生活在邦克鲁尔山下的森林和田野里，却遭到野蛮的精灵国王迪哥拉沃的袭击，被打得落花流水。威菲尔和布兰奇蓬讨论，在那个早已远去的时代，妖精军队是否可以采取不同的行动来获取胜利。

野餐结束时，她看着远处的火苗跃上天空，用通红的火焰和油腻的烟雾遮蔽了所有的星星，她把头靠在了他的肩膀上。他问她是否快乐，她回答说不快乐，他是她见过的最无聊、最乏味的约会对象。

他那时就知道他们会永远在一起。

他伸出一只手，轻轻地放在她的头发上，高兴地低声回答说，那天晚上和她在一起的感觉是那样甜蜜和愉快，就像被人用圆头锤不断地敲打脑壳一般。

他们吃吃地笑了起来，天空在燃烧。

现在，威菲尔独自坐在黑漆漆的房间里，把手伸向自己的肩头——有什么东西碰了他一下！难道是布兰奇蓬的幽灵？

他腾地跳了起来。

原来是咔咔贝，她用触手抚摸着他的脸颊。

"你能看出来我不开心，对吗，贝贝？你能看出来是吗？"

但她看上去不是忧伤，而是有些紧张："怎么啦？"

她在空中轻快地飞过来飞过去。

威菲尔站起身，他的那张皮掉在了地上。

"怎么回事，咔咔贝？"

鱼头精发出呜咽。

一个声音从黑暗中传来："档案管理员威菲尔，该交报告了。"

咔咔贝尖叫一声，冲过去咬那个入侵者。威菲尔及时伸手抓住了她的尾巴。

是秘密警察里那个灰头发的小个子妖精。他坐在桌上，一副厌倦的模样。

"你可能还记得我吧。"他说。

威菲尔仍忙着把咔咔贝拉回来，她拍打着翅膀，拼命挣扎。她真的很想咬人。

"我的大门永远向安全部敞开。"威菲尔恼怒地说，

"但通常我都希望他们能先敲门。"

"抱歉,门是开着的。"那人舒舒服服地往椅背上一靠,"我转动了门把手。"

"然后撬开了门锁。"

"一点不错。跟我说说那个精灵来访者吧。我们都急于想了解。我们知道今晚闹出了一场风波。几天前也是。和杜勃家族有关,是吗?"

威菲尔"嘘嘘"地哄咔咔贝安静下来。她还是有点焦躁。他把她搂在了臂弯里,然后低声说:"他给自己树了几个敌人。"

"怎么回事?"

威菲尔想出一种委婉的说法:"他似乎并不总是……能欣赏我们的热情款待和丰富的妖精文化。他急于履行自己的职责,要把他的宝石礼物送给世外大王高赫。"

"世外大王还没有给我们下达命令。"灰头发妖精从腰带里抽出一支铅笔,在手指间把玩着。他直截了当地问:"布朗万·斯普吉是间谍吗?"

威菲尔不知道如何回答。精灵是客人。威菲尔有责任保护他。他不能把斯普吉交给秘密警察。威菲尔不想做一个那样的妖精。

可是另一方面,斯普吉欺骗了他。斯普吉偷偷地溜出去,可能不只是为了散步。威菲尔气愤地想起了他这几天的生硬和傲慢,以及蛮横无理的沉默。

"我们已经知道了。"秘密警察说，"我们只是想跟你确认一下。"

威菲尔怀疑这是秘密警察耍的一个花招。他不知道灰头发妖精已经在黑暗中坐了多久。他不知道灰头发妖精是否跟踪他们到了剧院。也许灰头发妖精亲眼看见斯普吉溜了出去，四处窥探。

也许灰头发妖精只是在等威菲尔说"不"，这样他就能把威菲尔也当作骗子和叛徒逮捕了。

"档案管理员？"灰头发妖精说，"我问布朗万·斯普吉是不是间谍。"

斯普吉是客人还是敌人？威菲尔是善意的东道主还是心怀敌意？

"我们需要知道，"灰头发妖精说，"你必须告诉我们。"

威菲尔张开嘴。他说——

房间里突然有一道亮光在闪烁。布朗万·斯普吉站在门口，手里拿着灯笼。

"我好像听到了说话声。"斯普吉说。

威菲尔转身再看桌子。

那儿已经没有人了。

"只有我自己。"威菲尔抚摸着咔咔贝说，"我和我讨厌的小贝贝。她真是个烦人的小姑娘，是不是？总是在夜里尖声叫。"

咔咔贝把头靠在他的手臂上。他挠了挠她翅膀和身体的连接处。她发出呼噜呼噜的声音。

　　身后，威菲尔听到那个秘密警察朝门口爬去。

间谍组织首脑伊索莱特·克莱夫斯

净手团

致精灵王国的国王陛下

陛下：

非常抱歉！今天凌晨，我们收到野草发来的情报。从他传来的第一幅图像可以看出，他显然是偷偷溜出去想仔细看看闪电井，所以我们都兴奋得难以自已。我们聚集在视觉引擎周围，等待着每一幅新图像从印刷机里打印出来，我们的那颗间谍小心脏激动得怦怦直跳。我们想，终于可以窥见妖精王国的秘密了!

　　失望来得多么惨烈。我们的特工刚靠近那个闪电的东西,就有一个怪物把他吓了一跳,老野草退缩了。他惊慌失措,落荒而逃,差点儿丢了性命。

　　恐怕他是一事无成了,陛下。

　　是时候进入计划的下一个阶段,开启野草的另一个用途了。陛下,此时此刻,您最好把我们的计划透露给所有的贵族、偷听者、夸夸其谈者、吹牛大王,还有您宝座周围那些阴险小人。

　　野草的用处当然远不止一个简单的间谍任务那么简单,不过,即使是在这古老的净手团周围,这也是一个暂时不能公开的秘密。他不仅仅是间谍,还是一名杀手。

　　可怜的家伙还蒙在鼓里呢,这只会让他更好地为我们服务。

　　如您所知,我们送的礼物,那块雕刻的宝石,不仅是一件古代的手工制品,它同时也是一件致命的武器。以前不是。当它从陛下的戏水池里被挖出来的时候,只是一块漂亮的宝石。但是在把它发送出去之前,我们优秀的巫师团队给它注入了魔力,这股力量被激活时,会在世界上炸开一个大洞,摧毁方圆一英里内的一切。只要我们知道它被带入了邪恶大王高赫的王宫,就会把它引爆。它会把周围的所有东西都从时间和空间中吸出去,进入——嗯,我也说不清,陛下,因为我一向不擅长科学,但大概就是被吸入广袤的空洞之类吧。不妨找几个巫师来解释一下。

宝石只要从衬铅的保护盒里拿出来，就会随时爆炸。它浸透了异域的能量，重重一敲就会引爆。从侧面一击。乒的一下。砰的一下。但我们不能冒任何风险。一旦宝石暴露在外，我们也可以从这里触发它。野草得到吩咐，当邪恶大王高赫收到我们的爆炸小礼物时，他会给我们发信号。我们得到野草匆忙传来的图像，就会发送一个信号去激活宝石，它会在世界上炸开一个洞，然后就是"砰"！——就是这声音，陛下，旋涡的声音，所有的一切全都被吸进了空洞。妖精的首领从此消失得无影无踪。

一旦邪恶之王高赫被消灭，他的王宫被摧毁，几千名外交官和大臣随之完蛋，整个妖精王国就会陷入一片混乱。如您所知，我和巴利甘将军已经制订计划，要充分利用这场混乱。精灵王国的军队现在已经在路上了，几天之内就会到达邦克鲁尔山。等妖精的哨兵发现敌情时，一切都已太晚了。高赫会彻底消失，我们会长驱直入，彻底地消灭那些可恶的怪物。我们将完成陛下伟大的祖先迪哥拉沃国王的事业，杀死大部分的妖精，让世界永远摆脱邪恶。

不出几个星期，尊贵的陛下，我们就能拿下处于一片混乱的特尼比昂城，城中心有一个冒烟的虚无空洞。这完全不在话下。从现在起一个月，我的国王，我的领袖，我的球友，邦克鲁尔山之外的黑暗王国将不复存在，剩下的妖精都将沦为囚犯。

在这场最后的战斗中，数百万人将失去生命，但军队向我保证我们一定能获胜。然后呢？

然后就是和平，陛下——和平在我们的时代是有可能实现的。

听起来多么美妙啊。

您会因为您的智慧和重建和平的谋略而被永远铭记。

还有您出色的反手发球技术。

三点四十五分球场见。

您卑微的仆人

间谍组织首脑伊索莱特·克莱夫斯

卢内斯勋爵

净手团

第二天早上，两人正在吃小麦片，布朗万·斯普吉说道："昨天夜里有人来过。"

"什么意思？"

"我听到了。"斯普吉慢慢咀嚼着，"你没有说我的坏话。"

威菲尔不知道说什么好。他把玩着手里的茶匙。

斯普吉说："谢谢。"

"你昨晚谢过我了。"威菲尔闷闷不乐地说。

"学者们必须团结一致。"斯普吉情绪热烈地说，

"在这一切结束，宝石被送交之后，我们两国之间将获得和平。我将返回敦霍姆，人们会像欢迎英雄一样欢迎我。那些派我出来的人会看到我是尽心尽力为精灵王国效劳的。"

威菲尔心里想的是，一旦斯普吉离开，等待他的会是什么：杜勃家族的愤怒，以及秘密警察暗藏的恶意。

他说："这对你来说太好了。"

斯普吉伸出一根长长的、骨节粗大的手指："我希望你来访问精灵王国。我会做你的东道主。我们一起参观档案馆。"

威菲尔大吃一惊。"真的吗？"他说，"你会邀请我去敦霍姆？"

"这块宝石是我们两国之间和平的象征。如果我的国王不希望敦霍姆和特尼比昂握手言和，开创两国历史的新阶段，他是不会这样煞费苦心，把宝石作为礼物送给邪恶之王高赫的。他是一位贤明而善良的国王。"

"为了握手言和。"威菲尔若有所思地说，一边举起他的麦片碗，让咔咔贝喝下剩余的牛奶，"也许是新的黎明……新的一天……"

"为了表示善意，"斯普吉说，"我想让你看看那块宝石。"他从椅子上站起来，开始解盒子上的链条。

"现在？"

"我们可以一起查看一下。我只是大致看过一眼，我愿意跟一位学者同人一起欣赏它。"

"珍贵的客人！好的！"威菲尔高兴地拍着桌子，"请允许我换一身衣服！我不能穿着睡衣观赏这枚稀罕的宝石。"

威菲尔只在衣帽间里手忙脚乱折腾了两分钟，就换上了精致的长袍和皮草，戴上了学者帽。他从卧室里出来，手里拿着纸和铅笔，准备画素描、做笔记。

两人并排站在桌子旁，布朗万·斯普吉慢慢地拿起那个盒子。盒子里装着在精灵国王的戏水池下发现的那块宝石。他用两个大拇指摁住搭扣。

威菲尔屏住了呼吸。

他们没有意识到自己手里握着一枚炸弹，握着一股能把世界撕开一个一英里大洞的力量。

"等一下。"斯普吉咕哝道，"搭扣好像卡住了。肯定是掉下来的时候摔坏了。"他用指甲抠着搭扣。

"我的眼镜，"威菲尔说，"可以当放大镜用。你看。"他摘下眼镜，在斯普吉摆弄盒子时调整着镜片，"这是我自己发明的，阅读旧手稿和欣赏鬃毛绘画艺术品时很有用。"

这时，斯普吉已经打开盖子，把盒子颠倒了过来。他敲着盒底，想让宝石滑到桌子上。

"当心！"威菲尔说。

"好的，好的……"斯普吉最后敲了一下盒底，宝石掉了出来。

它在空中闪着光，翻滚着落向地板。

威菲尔在它落地前接住了它。

"天哪！"他叹了口气。

宝石很大——比他的手还大。

他把它递给斯普吉："真漂亮啊，是不是？"

两人都惊讶得说不出话来。

他们把雕刻的宝石放在面前的桌上，开始仔细查看，一边互相念叨着一些学术评语，把放大镜递过来递过去。

"这凹雕令人叹为观止……"斯普吉喃喃地说。威菲尔补充道："深深地刻进了宝石的中心。真是不可思议。"

"极为奇妙。"

"是的。极为奇妙。"

宝石是一种精致的红色，但它似乎从房间里映上一些意想不到的颜色，并在突然之间把它们散播开来。宝石内部镌刻着一些雕像：阵亡的战士、肢体残缺的士兵、疾飞的箭、梭子、长矛、砍下的人头、断肢、被砍掉的耳朵。

"它具体是在哪儿发现的？"威菲尔问。

"敦霍姆的地底下。当时国王正在开挖一个新的戏水池。"

"如果宝石是在精灵的王宫下面，你凭什么认为它是妖精的作品呢？"

"我们认为它肯定是一千年前的东西，那时候森林还被你们的人统治着，你们还没有把森林交给我们。"

威菲尔嘟囔道："是的，那时候你们还没把森林从我们手里夺走。"

斯普吉点点头："是的，那时候你们还没有在公平的战争中失去它。"

"那么，你凭什么认定这块宝石是妖精的作品呢？"

斯普吉显得有点尴尬："嗯，因为……它的主题。"

"战斗场景？你认出来了？"

"没有，但是这样一个……这样一个暴力的场面，肯定是妖精雕刻出来的。因为那正是你们——你们的人民——所喜欢的。暴行。流血。邪恶。"

威菲尔说："但是——这是一支精灵军队在残杀妖精。"

"多么有趣的视角。但更有可能是一支妖精军队在残杀精灵。"

"我钦佩你的学识，但这确实是一支精灵军队在进攻。这件雕刻作品是为了庆祝精灵的胜利。"

"你的想法多么新奇和不同寻常啊，"斯普吉说，"但我们的专家认为，它是为了庆祝一场妖精大屠杀而雕刻的。"

"屠杀妖精，是的。"

"不，是妖精大开杀戒。这是显而易见的。不过，我肯定会把你的这些有趣的想法写在脚注里，以便——"

"这很可能是为你们的迪哥拉沃国王雕刻的，因为他把我的祖先赶出了我们古老的家园——山脚下的森林和田野。他让我们在荒野中到处游荡。你送给我们的这份礼物，可能是一份记录了我们战败经历的古籍。"

"它记录的是你们的胜利，档案管理员。这是战争中被遗忘的一场妖精的胜利，在这之后，你们的种族就不愿意英勇作战，而是撤退到了大山里。"

"不愿意？尊敬的客人，哈哈哈，尊敬的客人！你必须承认，你们那位光荣的迪哥拉沃国王，率领着他的野蛮部落从西边浩浩荡荡地过来，决意大肆屠杀，把我们赶出居住了好几个世纪的家园。是的，我们向东逃避，躲进了邦克鲁尔山，逃到了被大火吞噬的德鲁姆高原，但我们之所以离开，是因为我们没有料到野蛮部落会骑着狮鹫突然对我们展开攻击。"

"我们是高贵的精灵种族——不是野蛮人。从来都不是野蛮人。"

"一千年前，你们就是野蛮人。是游牧的战士，驯服了草原上的狮鹫。这是你们获胜的唯一原因。我们从来不知道大火会从天而降。我们根本没有料到一个精灵军阀会无缘无故、心狠手辣地从上面袭击我们。"

"纠正一下：迪哥拉沃国王不是'军阀'。他是一位英雄。"

"他屠杀了无辜的妖精。"

斯普吉烦躁地敲打着宝石："根本没有这样的事情。这些被砍断的胳膊是精灵的胳膊。"

"那些被砍下来的脑袋是妖精的脑袋。"

"这些断腿是精灵的腿。"

"那些被砍掉的耳朵是妖精的耳朵。"

"你不能这么说！" 斯普吉咆哮着，重重地拍了一下桌子，震得宝石跳了起来，**"精灵、妖精——都有同样的耳朵！"**

两人的注意力又被宝石吸引住了。

宝石跳回桌面后，周围的空气开始颤动，就像阳光在灼热的路面上晃动。

"你看到了吗？"威菲尔用手指着，小声说。

"看到了。我在想……它似乎有某种力量……或者能量……"斯普吉皱起了眉头。

"我们再敲打它一下好吗？"

"好的。好的，为了做个实验，再敲打一下。"斯普吉举起手，用手背拍了一下宝石。

晃动的闪光再一次出现。

"真奇怪。"他说。

"这像是一种魔法场。"威菲尔猜测道。

"我们拿更硬的东西敲它一下。"斯普吉说。他伸出一只手，"勺子？"

威菲尔递给他一把麦片勺。

斯普吉敲了敲宝石："需要一件更重的东西。你的手杖？"

威菲尔把手杖递给了他。

他们都把脸凑得离宝石很近。他们可以看到自己的眼睛被宝石反射、折射，放大了十倍，回瞪着他们。

斯普吉把手杖高高举过头顶，想重重敲一下宝石。

"看好了啊。"他说。突然——

砰、砰、砰！

两人都转身看向房门。斯普吉举着手杖呆在原地。

231

"快把宝石拿开!"威菲尔压低声音说,"快!"

他朝门口的人喊道:"等一下!门锁着呢!"两人急忙把宝石塞进衬铅的盒子里。

威菲尔打开前门的时候,宝石已经放回了盒子里,斯普吉坐在旁边,斜着眼睛看着一面墙。

"档案管理员威菲尔,"一名士兵说道,"来宾布朗万·斯普吉。至高无上的护国君高赫陛下——愿他的统治天长地久——要求你们前往王宫的庭院。"

"**我**必须准备一下！"斯普吉惊呆了，说道。他睁大眼睛环顾四周。"我必须洗洗脸！必须戴上一顶专门的帽子！"他摸摸自己戴着兜帽的脑袋，仿佛里面还藏着一顶帽子，"我的行李都遗失在你们那个肮脏的湖里了。你能借给我一顶帽子吗？"

"绝对没问题，尊敬的客人。"

"恐怕我戴着不合适。你块头比我大得多。"

威菲尔被弄糊涂了。"我比你矮。"他说。

"你比我高。脑袋也比我大。"

"有时候人们看上去高，其实并没那么高。"妖精说，"跟我来吧。"

威菲尔拿来一顶华丽的宫廷帽和一顶镶着北极蛇白色皮毛的兜帽，借给了斯普吉。他避开传令官的耳朵，低声说道："不要对这第一次见面抱太大希望……世外之王高赫非常……神秘莫测。非常奇特。他不是这个世界的人，他看重的是其他东西。"

斯普吉正往脑袋上系一根带子："他看重和平，是吗？"

"他派成千上万的妖精到大山里去建造玻璃塔，或到沙漠里去建造陶瓷塔。还有一些时候，他派我们去把那些塔全都推倒。几百年前，他命令我们的祖先把头发留三年，然后一下子全部剪掉。"

精灵感到疑惑不解："他肯定有一个……秘密计划……他肯定有他自己的世外计划，是我们无法理解的，对吗？"

"他刚开始统治我们的那几个世纪，我们也是这么认为的。后来我们意识到他就是一个怪人。"

"但是……"

"他来自另一个世界。跟我们的世界完全不同。他关心的是其他事情。"

斯普吉一把抓住妖精的胳膊。"我会让他相信精灵和平谈判的诚意。但是首先——"他深深吸了一口气，"请允许我进入我的房间，快速练习一下我的外交演讲。"

威菲尔想要提醒他："你可能会发现高赫对演讲不太

关注……"

可是斯普吉已经竖起一根手指——就一分钟！——然后就钻进了他的房间。门砰地关上了。

在接下来令人尴尬的沉默中，威菲尔听到了喃喃的念咒声。精灵正在向家里传送信息。就让他汇报这次会面的好消息吧，威菲尔大度地想，已经很多年没有好消息了。

前门开了，一名卫兵把头探进来："可以动身了吗？"

"这些精灵啊，"威菲尔摇着头说，"把一切都当成艺术。生活中的一切。就连穿衣服都考究得要命。哪怕穿一件线衫，那架势也好像有人要给一位穿天鹅绒的公爵画像似的。"

与此同时，布朗万·斯普吉躺在客房里，两个脚踝交叉，闭着眼睛，身体悬在床上方一英尺的地方，噼里啪啦地迸出火星，向邦克鲁尔山传送着希望的信息。

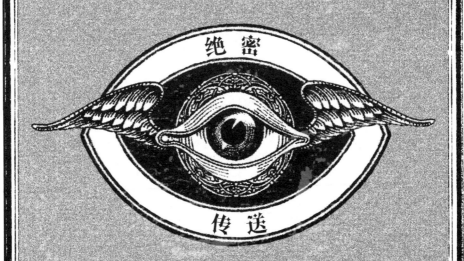

间谍组织首脑伊索莱特·克莱夫斯

净手团

致精灵王国的国王陛下

陛下：

　　振奋人心的消息。这一刻终于到来了。我们刚收到野草的这幅图像。看来他是要去见邪恶大王了。现在他随时都会出现在高赫面前，他会把宝石从保护盒里拿出来。宝石充满了能量。即使被敲击或传递时没有自燃，我们也可以从这里引爆它。

　　从现在开始，净手团的巫师每五分钟就会发出触发信号。

当宝石从盒子里暴露出来，第一次被这些信号击中时，就会发生爆炸，把特尼比昂王宫的一半都炸毁。噗的一下——彻底消失。

不出一个小时，陛下，邪恶之王高赫就将不复存在。

相信我吧，不然您可以剁掉我这双净手上的任何一根手指。

您卑微的仆人
间谍组织首脑伊索莱特·克莱夫斯
卢内斯勋爵
净手团

又及：非常遗憾，我们将不得不失去野草，但恐怕实在没有办法向他发出预警。他很可能被卷入爆炸中。好消息是，他被炸身亡时可能会带走几千个肮脏的妖精。在他壮烈牺牲后，我们可以追认他为民族英雄吗？我仿佛看到他的雕像竖立在一个飞桶上。雕刻家有化腐朽为神奇的能力，能使人显得更英俊、更健硕。

第30章

两人穿过特尼比昂城拥挤的街道时,斯普吉把宝石盒紧紧地抱在胸前,用双臂护住。

"我应该把准备好的演讲稿再练习一遍。"他低声对威菲尔说。

"会有时间的。"威菲尔回答。

威菲尔的邻居朝他喊道:"你这只倒霉的小蛤蟆,是要到王宫里去出洋相吗?"

威菲尔愉快地挥了挥手:"只要能让你离开我十万八千里就行,德鲁兹米拉。"

他把咔咔贝赶回房子里。小鱼头精看上去很焦虑，忧心忡忡。威菲尔吻了吻她，然后打了个响指，指着房子。咔咔贝扑扇着翅膀，难过地哭泣着，飞进了二楼的一扇窗户。

两位学者一层一层地登上这座城市，卫兵们跟在他们身后。

穿过王宫宏伟的大门时，威菲尔提醒斯普吉："你应该做好跳舞的准备。"

"跳舞？怎么跳舞？"

"世外大王高赫喜欢人们围在他身边跳舞。"

"我们在外面等你们，档案管理员。"一名卫兵说，"祝你们好运。"

"你们不进去？"

卫兵耸了耸肩："我不会跳舞。"

"怎么回事？"斯普吉一头雾水地说。

他和威菲尔走进了王宫的庭院。

大约有一千个妖精分散在庭院里，朝臣、外交官和公务员，所有的人围成一个大螺旋形，按照严格的节拍跳舞。他们迈开双腿，朝一个方向走，再朝另一个方向走。每个人都原地旋转，一千人同时旋转，然后大家继续沿着螺旋形迈开庄严的舞步。在庭院周围的那些高塔上，乐手们用叽叽响的喇叭、嘹亮的小号和震耳欲聋的鼓点，奏出悠长的、慢节奏的乐曲，而在下面，螺旋形的方阵就跟随着他们的节拍舞动。

庭院中央有一个高台，高赫站在台子上，比那些跳舞的政客高出许多。

斯普吉喘着粗气说："就是他。我在海报上见过，但是……"

"肖像画是无法捕捉他那奇异的威严气质的。"

"这是他的正面吗？那些是翅膀还是爪子？"

"我连你说的什么意思都不知道。跳舞，只管跳舞。快，客人。加入跳舞的阵列。"

斯普吉僵硬地模仿周围朝臣们的动作，一边旋转一边问："我们这是在做什么？"

"他喜欢大家围着他跳舞，就像围着太阳一样。人们慢慢地被转移到中心位置，然后可以提交请愿书或陈述他们的事由。有些人被迫螺旋式进入，有些人被迫螺旋式退出。但如果你不按照节拍跳舞——快！左、右，再左、左、右——你就永远不会受到召见。他们会叫你灰溜溜地离开。"

斯普吉并不是唯一来自异国的使者。在场的有人类，有小矮人，甚至还有来自北方奇异之邦的难以描述的生物，他们都在等待高赫大王的接见，希望能得到他来自世外的青睐。他们也在跳舞，在庄严的螺旋形中鞠躬、旋转。

一个拿着写字板的官员跳着舞来到他们面前。"姓名和目的？"他说。

"我是精灵王国的使者布朗万·斯普吉导师，我带来了一份价值连城的厚礼，要送给邪恶大王高赫，作为和平的礼物，希望——"

"谢谢你，好的。"妖精在写字板上潦草地写着，威菲尔在一旁压低声音催促斯普吉："快——向左一滑，右脚跺两下，再踢出一脚、两脚、三脚，然后……"

"我要把宝石从盒子里拿出来吗？"斯普吉问官员，"我可以把它举起来。他希望看到宝石吗？"

"没必要，但是随便你吧。"妖精说着，查看了一下写字板，"如果他今天没有召见你，你就明天或下个星期一再来。如果还有别的问题，我们可能会派人去——嘿，当心脚下，先生！我穿的可是软头鞋。这就对了。往右滑，然后跟你的舞伴互相绕圈。"

官员汇入了另一支往相反方向跳舞的朝臣队伍，很快就不见了踪影。威菲尔向经过的男女贵族们鞠躬。

"宫廷里的人每天都这样围着邪恶大王跳舞吗？"

"在我们到达统治者身边之前，我尊敬的客人最好不要再称呼他为'邪恶之王'。"

"王宫里每天都上演这一出吗？"

"不是。只在某些日子。其他时候，圣旨是从门缝里发出去的。"

"我希望能引起他的注意。我想我应该打开盒子，把宝石举起来，这样，在我们绕着他跳舞时，宝石就会发出亮光。"

威菲尔同意了："按说这种姿态可能会吸引人民的保护者高赫的目光。但我们还不确定这个世外之人是不是有眼睛。"

他们绕着圈跳舞，音乐奏个不停，斯普吉提起挂在脖子上的金属盒子，让宝石暴露在阳光下。

他不知道，触发脉冲正通过空气从邦克鲁尔山发送过来。他也没有想到，自己会炸开一个通向虚无的巨洞，把他和他周围的一切全部吞没。

他摆弄着搭扣："又卡住了。"

"也许我尊贵的同人愿意让我来试试？"

"除了我，任何人都不得在你们这位阴森可怕的国王面前打开盒子。"

"当然，我的客人知道得最清楚。"

"啊哈！我好像打开了！"

搭扣弹开了。

盒子里，宝石充满魔力地扭动着。

斯普吉准备用两个拇指把盖子掀开："让这块古老宝石的光芒——它与它的妖精工匠们已分隔太久——"

"可能是精灵工匠。"威菲尔纠正道。

"——与它的妖精工匠们已分隔太久，此刻它将在和平中、在熠熠生辉的喜悦中，照亮整个庭院——"

威菲尔催促道："快跳舞，精灵王国的客人！"

"我打算用一个小小的仪式打开这个盒子。"

"这是应该的。但是别忘了跳舞，不然我们会当着伟大护国君的面被赶出去！左，左，右。跳！跳！"

斯普吉固执地摇晃着宝石，跳上跳下。

宝石在盒子里颤动。

"我可以继续吗？"斯普吉问。

"请便，尊贵的客人。"

于是斯普吉深深地吸了一口气，把盒子举过头顶，准备打开盖子，他大声宣布："让这块古老的宝石——它与它的妖精工匠们已分隔太久——此刻它将在和平中、在熠熠生辉的喜悦中，照亮整个庭院——"

斯普吉没有把话说完。威菲尔看着学者，不明白出了什么状况。

斯普吉的眼睛瞪得很大。他正盯着一群士兵，他们手里牵着一只训练有素的叉头兽，叉头兽脖子上戴着金属项圈。

"啊，"威菲尔说，"那是一只叉头兽，非常凶猛。不过我们已经驯服了它，现在它为我们服务。斯普吉导师，你为什么显得如此担心？难道——"

这时，那只叉头兽直勾勾地盯着斯普吉，发出凶残嗜血的尖叫声。

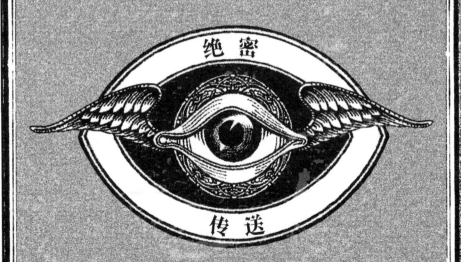

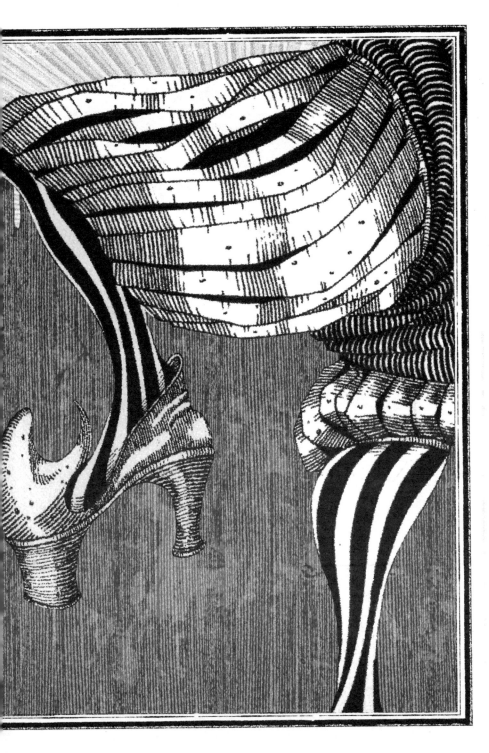

朝臣们在鹅卵石地上乱成一团，互相推搡，大声尖叫。士兵们拿着长矛和剑跑上前，大声呵斥，挨个儿询问。在庭院的中心，高赫气得浑身发光。

斯普吉和威菲尔跌跌撞撞，躲闪着穿过惊恐的人群。威菲尔完全不知道发生了什么事。显然，那只叉头兽不知怎的认出了斯普吉——而且出于某种原因，斯普吉也认出了叉头兽。在人群上方，士兵们想要弄清逃跑的人群中是谁吸引了怪物的目光。

威菲尔既困惑又愤怒。他隐约知道精灵背叛了他，害得两人都处于致命的危险之中。那一刻，威菲尔恨透了布朗万·斯普吉。

与此同时，他也知道应该赶紧逃跑。每个人都在逃跑。"我不知道你做了什么，尊敬的客人，"威菲尔用精灵语说道，"但如果让那些士兵看见你，我们的麻烦就大了。"

说时迟那时快，他把斯普吉拉进了一个门洞，说道："我们必须把你的脸藏起来。快脱下那顶愚蠢的帽子！"他用力拍打那顶正装帽子。帽子的纽扣系在精灵的脖子上。威菲尔一怒之下扯掉纽扣，把帽子扔在地上。斯普吉躲避着暴怒的威菲尔，但威菲尔抓住他的肩膀，把白色的毛皮兜帽使劲往下拉，遮住了精灵的脸。

"现在——把头低下。像妖精一样走路。我们必须穿过城市返回去，不让任何人注意到我们。"他摇晃着斯普吉，"客人——我想他们并没有看出是你。"

他们重新汇入了逃跑的人群。

突然，人群停止了流动。威菲尔像癞蛤蟆一样跳起来，想看清是怎么回事。"哦，糟糕。"他说，"卫兵在门口检查每一个人。"

扩音器里喊道："请保持镇静！叉头兽认出了你们中的一位！昨天，你们中间有一个人试图闯入闪电井。诸位，不要拥挤。让叉头兽盯着看一眼。把手放下。你们每个人都必须让叉头兽闻闻气味。"

"哦，天哪！"斯普吉说。

威菲尔狠狠地瞪了精灵一眼。然后他嘟囔道:"跟我来,导师。这边有一座花园,围墙很矮。"他领着斯普吉穿过人群。

在他们身后,扩音器里的那个声音喊道:"如果你们还有其他罪行想对噤声部坦白,现在正是时候。"

两人匆匆奔向花园。花园里有一个宽阔的平台,可以俯瞰下面的妖精城市。

威菲尔带着精灵走到一堆灌木丛后面,从一堵砖墙爬下去。他们已经来到了王宫外面。

他们一层一层地往城市下面走,似乎并没有什么不对劲,似乎并没有发生什么蹊跷的事情。

威菲尔小心翼翼地以正常速度行走,其实他的心在狂跳,身体和大脑的每一个细胞都在抱怨这场灾难。

没有人注意到精灵的面容,因为它被兜帽遮住了。不幸的是,他们注意到了挂在他脖子上的那根链子上的华丽大金属盒子。每走一步它就叮当作响。人们都转头去看。

"快把宝石拿出来,"威菲尔说,"我把它藏在我的袍子下面。我们把盒子扔掉。你并不需要这个盒子。"

"我……我要奉命完成精灵国王给我的神圣任务。我不会……"

威菲尔一脸凝重,但没有争辩。他只是说:"如果有安全部的人问起来,我们就对他们说,是的,我们当时是在人群里,后来看到叉头兽开始撒野,我们就像其他人一样逃跑了。他们永远不会知道叉头兽认出了你。"

"你认为他们没有发现吗？"

"我希望没有，尊敬的客人。"威菲尔说，"否则，你和我都必死无疑。"

他们回到了威菲尔家所在的那个街区。四下里一片安静。人们都去上班或上学了。两人假装随意地穿过街道。

最后来到了威菲尔家附近的拐角处。

威菲尔伸出手臂，猛地把斯普吉搡到一边。斯普吉跌进了一条小巷。

"哎哟！"斯普吉抱怨道，"你打到链条了！"

威菲尔说："我的房子被士兵包围了。有八九个人。他们在蹲守。在等我们回来。他们知道是你。不管你到底做了什么。"威菲尔再也无法控制自己的脾气，于是他不再说话。他满脑子想的都是：你竟然背叛了我，斯普吉导师。你竟然偷偷溜出那家剧院，去干间谍的勾当，害得我在秘密警察面前说了谎。

接着他突然反应过来：咔咔贝！咔咔贝还在家里。如果我再也见不到她可怎么办呢？我的小贝贝……

威菲尔把重心从一只脚换到另一只脚。在这狭窄的空间里，他只能这样，权当踱步了。"我们该怎么办呢？"他说，"如果他们抓住我们，你会被当作间谍处死，我也会因为帮助你而被折磨致死。我对你负有责任。我们必须离开。想个办法。想个办法。"

"你必须离开吗？"黑暗中一个尖锐、沙哑的声音说，"你以为你能逃得掉吗，你这个卖国的小癞蛤蟆？"

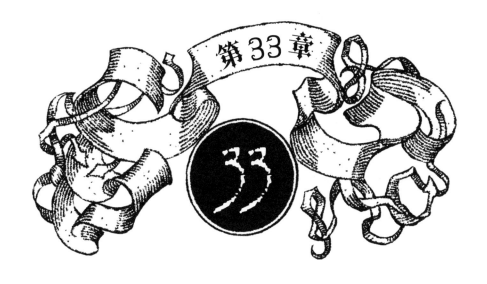

威菲尔震惊地抬起头。小巷的阴影中出现了一个步履蹒跚的身影。

布朗万·斯普吉哆哆嗦嗦地往后退。他紧紧地抓住金属盒子，似乎自己仍然能够保护它，或者它能够以某种方式保护他。

"你……你休想把我活着抓走。"他嘶哑地说，"我什么也没干。"

"嗯。"小巷尽头的那个声音说，"他像个惊弓之鸟啊，是不是？你这次又掉进了哪个粪坑啊，档案管理员？"

"恐怕我没有时间来搞这种朋友间的辱骂。"威菲尔说，"斯普吉导师，你还记得我的邻居德鲁兹米拉吗？夫人，秘密警察包围了我的家，想要逮捕我们。"

女人走进亮光里："我看到了。你惹上了什么麻烦呀，你这讨厌的胆小鬼？"

"我也不知道啊。"威菲尔说，"但你必须赶紧帮助我们离开这座城市，不然我们就会被抓走。求求你了，德鲁兹米拉。"

"她凭什么要帮助我们？"斯普吉抗议道，"我是一个精灵！她一眨眼就会丢下我们不管的！"

威菲尔挺直了身子："她会帮助我们的，在跟秘密警察打交道时，我们都会互相帮助。没有人喜欢那帮家伙。她一定会帮助我们，斯普吉导师，因为她是一位亲密的朋友。我的那些朋友——我的那些真正的朋友——都不会背叛我。"他紧紧地盯着布朗万·斯普吉那双内疚而惶惑的眼睛。

他们听到街上传来有节奏的盔甲碰撞声。又有一些士兵来到了威菲尔家。威菲尔听到秘密警察喊道："别忘了监视房子的后门。注意，分散在大街小巷。他们肯定就在这附近的什么地方。"

斯普吉惊恐地闭上眼睛，屏住呼吸。

"这边来。"德鲁兹米拉说着，打开了她家厨房的门。

他们在她的家里奔走。到处都是孩子，有的在椅子下，有的在桌子上。两位学者从这些迷惑不解的孩子身边跑过时，德鲁兹米拉大声说："孩子们，你们什么也没看见。只是一阵风把门吹开又关上了。你们眼前什么都没有。"

她朝门外的小院子里张望。确认周围没有危险之后，她招呼威菲尔和斯普吉过去。

"快钻进这辆驴车。"她说，"躺下来。我来把驴套在车上。我还要找些东西盖住你们的身体，把你们藏起来。"

斯普吉和威菲尔爬进了驴车。里面有一团油布。威菲尔铺开油布，斯普吉把它盖在自己身上，威菲尔也想往油布下面钻。威菲尔的半个身体仍然露在外面。他把油布往自己这边拉了拉。

斯普吉的半个身体露了出来。斯普吉把油布往自己身上扯。

威菲尔的半个身体露了出来。

威菲尔叹了口气。"尊贵的客人。"他疲惫地说。

"不，不，"斯普吉很难为情，说道，"你把油布拿去吧。就让我暴露在外好了。"

"不。我是你的东道主。请允许我把你塞进油布，就像我会用特尼比昂城最优质的白色丝绸床单给你铺床一样。"

"不，你太客气了。把油布拿去，然后——"

"你们两个都闭嘴。"德鲁兹米拉说，"橡胶轮胎来了。"

她把一堆旧轮胎的内胎倒在了他们身上。一股橡胶烧焦的气味扑鼻而来。斯普吉差点儿吐了。

油布没有盖住威菲尔的眼睛，也没有盖住斯普吉的脚指头。

"这还不够。"德鲁兹米拉说，"我也没有别的东西可以盖住你们了。"她想了想，"啊哈，有了。"

他们听见她朝家门口走去。

"孩子们！"她喊道，"出去野餐啦！"

她把孩子们安顿在妖精、精灵和那些轮胎上面。她在整个驴车上塞满了她的那些孩子。

"小贾克斯，"威菲尔嘟囔着，"如果你坐在威菲尔叔叔的嘴巴和鼻子上，我就会喘不过气来，活活憋死啦。"

那边德鲁兹米拉正冲着驴子嚷嚷，驴车驶出了院子。

"别起身。"她说，"到处都有卫兵和秘密警察。"

孩子们在他们身上跳来跳去，吵吵嚷嚷，互相推搡，假装是坐在一堆垃圾上出去兜风。

威菲尔感觉到车轮在鹅卵石路上颠簸。他看到蓝色的天空和屋顶的排水槽在头顶掠过。驴车肯定已经到了街面上。刚才是在德鲁兹米拉家门前，这会儿准是到了他自己家门前。就在那些站岗的卫兵附近。这一刻真是千钧一发。他不由得屏住了呼吸。

就在这时，他听到了一个熟悉的叽叽喳喳的声音。

是咔咔贝。她从一扇窗户飞了出来。她一定是闻到了威菲尔的气味。她绕着德鲁兹米拉的脑袋飞来飞去。孩子们都高兴得大声尖叫。

威菲尔听到卫兵们走了过来，想看看这边闹哄哄的是怎么回事。

正常情况下，德鲁兹米拉会亲切地跟咔咔贝打招呼，也许还会发牢骚说是谁抠下一个大疮疤扔出了窗外，但她显然太紧张了，想不出一句调侃的骂人话。小鱼头精在周围盘旋，叽叽喳喳地叫着，使劲嗅着威菲尔的气味。

透过那些橡胶轮胎和孩子们之间的缝隙，威菲尔看到他心爱的咔咔贝朝他俯冲过来，一双黑色的小眼睛盯着他的眼睛。她在等着他跳起来拥抱自己呢。

他心爱的小姑娘眼看就要把他暴露了。

"那是什么？"一名卫兵说，"他的宠物？"

"是他的宠物。"另一名卫兵说。

"他一定就在附近。"

"女士——车里装的是什么？那些孩子的下面？"

德鲁兹米拉说："我们在收集垃圾。"她和几个大孩子一起跳下车，开始用耙子把一个垃圾堆里的垃圾往驴车上装，直接堆在了轮胎和威菲尔、斯普吉的身上。那气味令人作呕。咖啡渣，鸡皮，蝙蝠粪，还有一些像是腐肉的东西。

威菲尔的眼睛被鱼骨头盖住了，咔咔贝恼怒地尖叫起来。德鲁兹米拉赶紧解围道："是啊。这小脓包就喜欢垃圾的味道。这就是她的嗜好。搞点零食吃吃？"鱼头精在黏糊糊的垃圾里往下掏。想找到威菲尔的脸舔上一舔。

"如果看到档案管理员，务必告诉我们！"卫兵说。

"没问题。"德鲁兹米拉满口答应，"快回到驴车上去，孩子们！"小家伙们都爬上了车。德鲁兹米拉朝驴子打了个响舌，驴子迈步往前走去。

咔咔贝终于找到了威菲尔的鼻子，开心地舔了起来。她依偎在威菲尔的脸颊上，发出呼噜呼噜的声音。

驴车骨碌碌地走着，离开了威菲尔唯一熟悉的家。

他们在肮脏的街道和鹅卵石路上颠簸。威菲尔猜想已经到了这个街区的边缘。他能听到铁匠铺和铜匠铺的叮叮当当声。随后这些声音也消失了。威菲尔估计大约还要一小时才能出城。

档案管理员在孩子们和垃圾下面蠕动。他感到难受极了。斯普吉在他旁边尽可能地躺着不动，可是每次车子一颠簸，他的膝盖就会撞到威菲尔的身体。

一路颠簸得很厉害。

他们正在穿过人群——也许是格罗弗尼大道的那个大市场。商人们扯着嗓子叫卖："牡蛎！腌牡蛎！大个儿的腌牡蛎！""火腿和牛排！各种肉！圆滚滚的后臀肉！""纸！最好的纸！给你的爱人写信，给你的奶奶写信！让他们知道你在惦记他们！"

接着，喧闹声消失了。他们来到了一条小巷里。周围听不到别的动静，只有车轱辘发出的吱嘎声和两个孩子在威菲尔肚子上打架的声音。

突然，有谁在使劲地吸鼻子。

大声地吸鼻子。

咔咔贝在威菲尔的脑袋边颤抖，似乎感觉到了有什么不对劲。

威菲尔听见德鲁兹米拉压低声音提醒他："档案管理员……完蛋了。有一只叉头兽正朝这边走来，鼻子贴着地面。它一定是闻到了精灵的气味。快准备逃跑吧。"

吸鼻子的声音更响了。

德鲁兹米拉虚张声势地喊道："那是什么？谁在我的垃圾堆里？是什么东西？是谁？滚开！滚！救命！"

威菲尔抓住斯普吉精瘦的手腕，把他从垃圾堆里拽了出来。必须让人觉得他们是在德鲁兹米拉不知道的情况下，偷偷藏在她的驴车上的。不然她和她的孩子们也都会被抓去坐牢。

"可恶的女人！"威菲尔大喊一声，然后他和斯普吉就跳下了车——侥幸躲开了叉头兽晃动着的巨喙，它正像一只凶残的大乌鸦一样在撕咬着什么。

"卫兵们，救命啊！"德鲁兹米拉假装悲苦地喊道，"救救我的小家伙们吧！哎呀，造孽啊，可怜的孩子们！"

斯普吉和威菲尔跌跌撞撞地后退，惊愕地看到有这么多卫兵正盯着他们。

接着，他们发现一个穿盔甲的男人像巨大的怪物一样站在叉头兽旁边。这人显然是自愿参加搜寻的。他盯着他们，满脸都是讥讽和仇恨。

是里奇巴·杜勃。

第34章

34

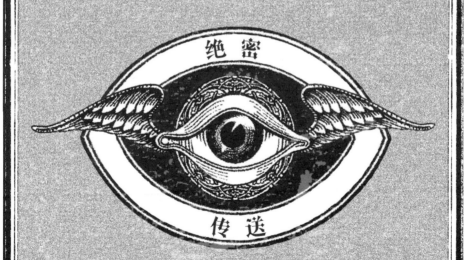

绝密

传送

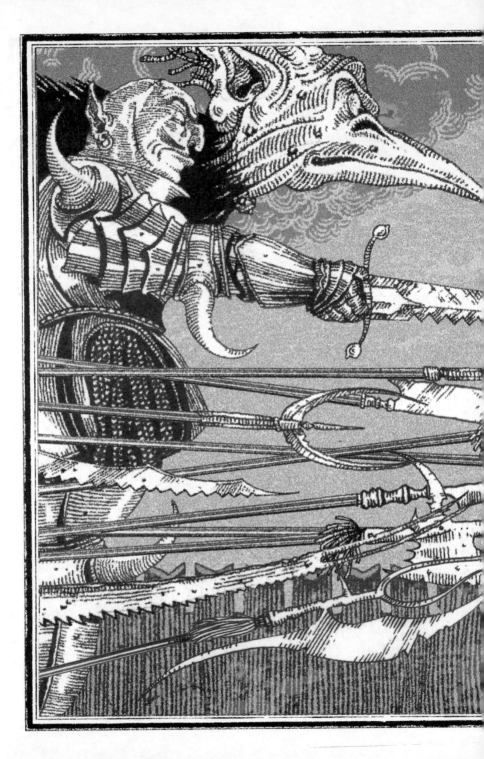

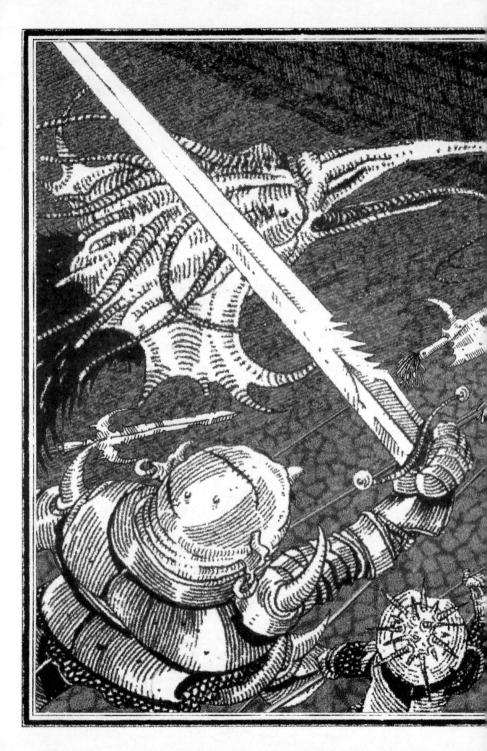

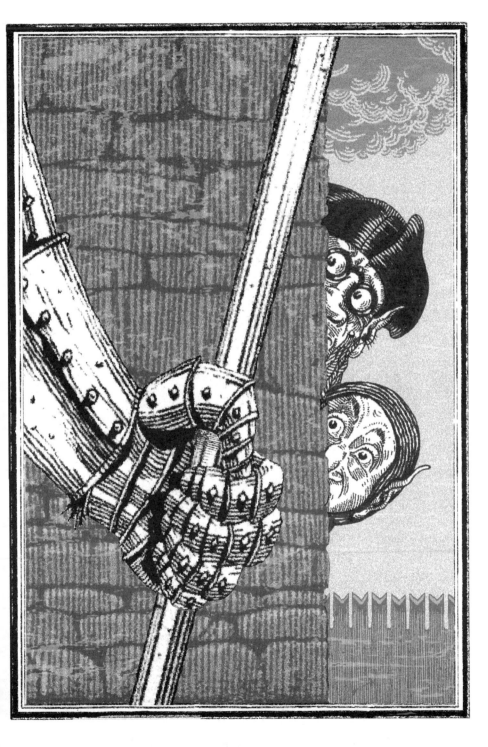

第35章

间谍组织首脑伊索莱特·克莱夫斯

净手团

致精灵王国的国王陛下

陛下：

很高兴之前在贵宾室见到陛下。正如我禀告陛下的，我们似乎遭遇了暂时的延误。陛下要求看到野草最新传来的消息，我随信附上。也许您比我更能理解其中的奥秘。我们无法确定到底出了什么状况，但是很遗憾，斯普吉显然已经离开了特尼比昂城，并没有把宝石交给邪恶大王。这不是我们希望看到的结果。当然，我对这个错误深表歉意，我向您保证，我们正在尽我们的一切努力解决这个问题。

还有另一件事，它也许与国家利益无关，但与我的个人利益有着特别密切的关系。我必须提出抗议，陛下，当我提议如果计划失败我愿意交出自己的一根手指时，其实并没有指望您会当真。当您的保镖兼卫士出现在我的办公室时，我还以为您是想邀请我去打网球。不料他却把我的手摊开放在桌上，拿出了他的斧头——

唉，真没想到，陛下。

请恕我直言不讳，我想，考虑到我们之间这么长时间的友谊，您至少应该允许我自己选择手指。我的小手指几乎不用。当我想要表达一个重要观点时，经常用的是食指。现在我怎么办呢？像个鱼贩子一样用整只手比比画画？

最重要的是，我内心非常痛苦。

尽管如此，我仍然希望用最热烈的语言表明我一如既往是您忠实的仆人，净手团也会一如既往让一切得到圆满的结果，尽管我们可能会失去一根手指。

就在此刻，巴利甘将军给我送来一封不太友善的信。他的军队仍在向妖精王国进发，然而高赫并没有像我们承诺的那样被消灭。一旦我们把消息通知军队，他们就会停止前进，不然他们就会兴冲冲地走进全副武装的妖精王国。我们正在考虑一个替代方案，只希望陛下能给我们一点时间。

我们安插在您忠实的臣民中间的密探告诉我们，没有几个人希望再次发生战争，而且，军队正在向妖精开拔的消息已经走漏出去。我们担心敦霍姆这里会发生抗议活动。因此，我们净手团已经自作主张，把所有可能抱怨的游吟诗人、歌手、传教士和印刷商统统集中起来，并把他们关进了监狱。

精灵的荣耀不会因为几个哭鼻子婴儿的哀鸣而变得黯淡。

我们一定会胜利——我们一定会找到消灭高赫的方法，让妖精沦为奴隶，就像我们对待乌什尼格深谷里的小矮人那样——小矮人们辛辛苦苦把您的宫廷打造得如此金碧辉煌。不出一年，妖精们将被迫在我们的矿上干活，而您将会因为夺去我的食指而懊悔终生。

您的仆人和永远的朋友
间谍组织首脑伊索莱特·克莱夫斯
卢内斯勋爵
净手团

辽阔的高原上荒草萋萋。两个小小的身影在平原中间穿行：布朗万·斯普吉导师和妖精档案管理员威菲尔——他正在逃离被摧毁的家园。他们走在灌溉沟渠里，避开那些建在岩石上的石头农舍。太阳在上面明晃晃地照着。

突然，斯普吉焦急地打量四周，用手抓着自己的胸口。

"档案管理员！"他嗓音沙哑地说，"档案管理员，我把宝石弄丢了！我一定是把盒子落在了那个女人的驴车上！"

"现在也没有办法了。"

"那可是无价之宝啊！是来自精灵国王的礼物！"

"已经丢了，尊敬的客人。"

"不！我们必须返回城里去。现在就回。我们必须回去把它找到。我必须用我的生命保卫它。"

威菲尔开始向远处的群山走去。

"你去哪儿？"斯普吉问。

"远离城市。"

"我说了，我们必须回到城里去。"

"现在回去就是死路一条，斯普吉导师。你不会成为英雄，你只会被抓起来，关进监狱，遭受严刑拷打。所以我们要离那座城市远远的。"

"档案管理员！"斯普吉嘟哝道。

"我们走这条路吧，"威菲尔说，"我们会在大山里迷失方向，然后被人发现，被扔进地牢或者杀死。"

斯普吉据理力争，但威菲尔继续在枯黄的高原上行走，斯普吉一直跟在后面，不断恳求，最后，特尼比昂城变成了他们身后地平线上一个遥远的小点。

第37章

37

天色已晚,太阳在德鲁姆高原上缓缓降落。两位学者在乱石间艰难跋涉。

斯普吉明智地保持着沉默,偶尔怯生生地看一眼他的妖精东道主。

威菲尔又气恼又着急。他不知道下一步该怎么办。他只想让他们远离卫兵和农民们警惕的目光。

他一边走,一边想象着自己家里正在发生的事情。卫兵和秘密警察会搜查他的每一个房间。秘密警察搞突袭行动时,总是故意撕毁东西、捣烂家具、破坏物品,他们根本不在乎翻的是什么。

威菲尔多年来一直在收集具有历史价值的小型手工艺品，比如，用食人魔的长牙雕刻的城堡，六大王国时期的铜币，以及五百年前的宫廷艺术家绘制的精美小画，画面上是恋爱中的妖精，或倚在墙头，或拨弄琴弦。他为自己的每一件收藏品感到骄傲。这些藏品都是他这些年精挑细选得来的。然而，它们都将被摧毁，被污损，被人踩在脚下践踏。秘密警察憎恨一切漂亮的东西。

更糟糕的是，威菲尔还收藏了一些空灵的精灵艺术品，是几代人之前在一次突袭中缴获的——在那些画里，国王在下棋，英雄们骑着狮鹫在天空翱翔。他最近才把这些艺术品挂在客房的墙上。这些将被用作对付他的武器。秘密警察会报告说，他不仅是一位研究精灵与妖精关系的学者，还是一名精灵的特工，一个背叛自己民族的叛徒。

他不是叛徒。这个下午，他艰难地穿行在荒凉的德鲁姆高原，内心对精灵充满了仇恨。

他再也见不到自己的家，再也不能从他心爱的街道走进家门，德鲁兹米拉的一大堆孩子尖叫着从栏杆上滑下来。在寒冷的雨夜，他再也不能和咔咔贝一起依偎在炉火旁。

咔咔贝不明白他们遭遇的这场灾难。她现在平静多了，靠在他的肩膀上，把自己的触须舔干净。

太阳在邦克鲁尔山的后面缓缓沉落。斯普吉和威菲尔正在穿越一个大坑，远古时期这里肯定发生过一场战役。岩石间散落着累累白骨。泥土里露出戴着头盔的骷髅。夕阳的最后一抹余晖照在一具胸骨上。

布朗万·斯普吉底气不足地问："我们晚饭吃什么？"

威菲尔停下脚步，愤怒地盯着精灵。"我不知道。"他说，"你凭什么指望我能知道？"

"我只是问问。太阳落山了。"

"尊贵的客人，请允许我向你指出，如果后面有军队在追我们，他们可能会使用向导叉头兽，这种叉头兽不需要光线就能把我们闻出来。里奇巴·杜勃毫无疑问也在追我们，他会不惜一切代价取走我们的性命。因此，我作为你的东道主，建议我们继续徒步前进，直到深夜。"他又继续往前走，脚踩在沙砾、石子和枯骨上，发出嘎吱嘎吱的声音。

布朗万·斯普吉闻了闻："这高原真是个可怕的地方。"没有得到回答，他又说道："满目凄凉。除了死亡，什么也没有。"威菲尔仍然一言不发，于是斯普吉说："看到农场我感到很意外。真不敢相信这里还能长出东西来。"这句话也没有得到回答，他就又说："每年的这个时候，敦霍姆附近的田野和果园美丽极了。"他叹了口气，"如果我在家里，玉米这会儿该成熟了，树上的苹果也开始生长。麦田将变得一片金黄。"他向远处指了指，紧贴着一个大土坑的远端有一些房屋。屋里闪烁着小小的灯光。"我不明白为什么有人想要住在这样的地方。"斯普吉说。

威菲尔转向他："是吗？你不明白吗？你不明白我们

为什么生活在这样的地方？"突然之间，他再也控制不住自己了。

这些日子以来的愤怒和怨恨都在他心中燃烧。他已经厌倦了善待别人。厌倦了做一个热情慷慨的东道主。厌倦了被人踩在脚下。他喊道："此时此刻，你怎么还敢谈论敦霍姆周围的美丽果园！你怎么敢！所有的苹果！所有的玉米！所有的小麦！我们为什么住在这里？因为我们被你们赶出了果园！被精灵！你们的人一声招呼也不打，就跑来攻击我们，残杀我们，逼着我们逃进了大山里！"他冲着精灵苍白的脸咆哮，"你像个高级物种一样充满优越感，其实你并不比我们好多少！"

"没必要用这种语气跟我说话，威菲尔档案员。"

"是吗？**是吗？**你害得我失去了工作，失去了我的家、我的朋友，如果我们不小心的话，还会失去生命。差不多一个星期了，我所做的一切都是为了让你高兴，你却总在发牢骚。你冷嘲热讽。你把鼻子翘到天上。你辱骂我们。你把情报发回国内——是的，我知道你在发情报——谁知道那些报告里说了什么？谁知道它们是不是真实的？你把我带入了危险。你把你自己带入了危险。总之一句话，**我珍贵的客人，你是个彻头彻尾的……**"然后他就开始咒骂。

威菲尔的声音在山岩、碎石和悬崖间回荡，在那些死者的白骨间回荡。

这太糟糕了，因为藏在岩石深处的某个东西听到了叫

314

骂声，开始在洞里活动了。

斯普吉在下面抗议道："我是代表精灵王国的国王来这里的！带着一份和平的礼物！"

"和平的礼物？**和平的礼物？**你给我们带了一块宝石，上面显示的是我们的人民被凶残的精灵打败，被你们那个疯狂、嗜血、残忍、野蛮的国王迪哥拉沃打败——"

"实际上那是妖精在大开杀戒。"

"你还指望我们张开怀抱欢迎你？好让你们的人再来攻打我们？"

"不，这不公平！这不公平，档案管理员！我们的人民是爱好和平的人民，如果没有先遭到攻击，他们是绝不会进攻妖精王国的！"

威菲尔深深地吸了一口气，让自己可以再次大声咆哮。可是他没有咆哮。他的嘴就一直那么张着。

一个巨大的阴影赫然出现在斯普吉头顶。一个庞然大物正在站起身。它挡住了刚刚出现的星星。

"还有一件事——"斯普吉说，但威菲尔尖叫一声：

"快跑！"

那个高耸的身影开始吼叫。它的块头那么巨大，一个男子汉可以在它黏稠的唾液里洗澡，可以蜷成一团坐在它的心室里。它的脑袋上又冒出了许多的眼睛。

两位学者在沙地上狂奔，跳过古代阵亡者的尸骨。一只大手伸向妖精档案管理员。威菲尔在泥土中摸索，抽出一把生锈的古剑——然而，那只是一根折断的剑柄。但他仍然气势汹汹地挥舞着。"你休想吃掉我们！"他尖叫道，然后鼓起勇气，朝食人魔的膝盖冲去。

食人魔惊讶地看着他。

威菲尔挥舞着古老的剑柄。

剑柄完全生锈了。它砍在食人魔身上，断成了两截。

食人魔的许多只眼睛同时眨巴着。它舔舔嘴唇，伸手去抓惊慌失措的妖精。威菲尔跌跌撞撞，把精灵挡在自己身后。

他们无处可逃。身后是一道石壁，脚下是齐膝深的古代阵亡士兵的枯骨。

食人魔一步步逼近，空气中弥漫着它充满恶意的气息。

威菲尔握紧双手，开始向拉格维大神祈祷。

"好心的东道主，"斯普吉低声说，"我有一个主意。"

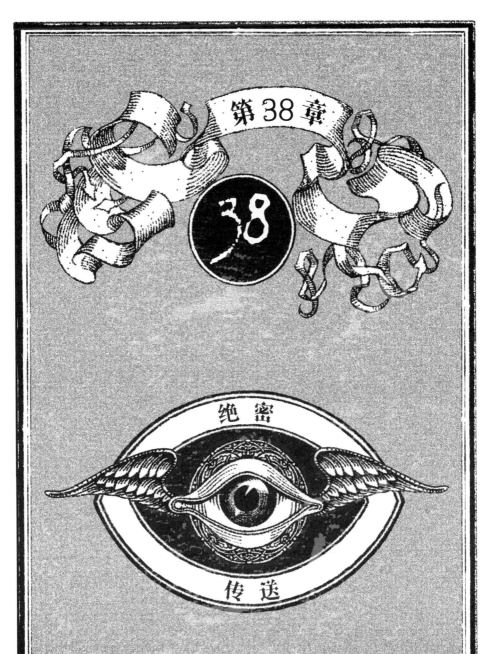

第 39 章

逃离食人魔之后的第二天早上。斯普吉和威菲尔醒来时感到饥肠辘辘，心情烦躁。咔咔贝找到了一些腐烂的死东西充饥，所以她倒是很快活。两位学者就没这么好心情了。

威菲尔坐在一块石板上，看着太阳冉冉升起。他心里在想，如果布兰奇蓬——他心爱的布兰奇蓬还活着，她肯定会告诉他怎么做。她会帮助他们在野外生存。

然而他意识到这不可能。布兰奇蓬现在只会恨他，因为他帮助了这个精灵，背叛了自己的人民和自己的城市。

他一动不动地坐了很久，然后捡起两颗鹅卵石，把它们从一只手滚到另一只手。他听着它们碰撞的叮当声。

在他身后，斯普吉说道："我要给净手团发一个信号。我要叫他们来接我。"

"你想怎么做就怎么做吧，尊敬的客人。"威菲尔苦涩地说。

"我需要告诉他们去哪儿找我。我们需要一个接头的地方。"

"他们不会来接你的。"

"你知道有什么地方可以让我们躲藏，等待狮鹫骑士来接我吗？邦克鲁尔山里的某个地方？一个能从空中识别的地标？"

威菲尔想了想："在面向精灵王国的大山那边，有一座高赫建造的玻璃塔。它已经破碎，但废墟仍然耸立着。如果他们真的来接你的话，在空中能够看到它。"

斯普吉紧张地说："你能给我画一张地图吗？"

威菲尔气呼呼地挪了挪身子。他拿出一根棍子，在泥土上画了一幅地图。

斯普吉研究了几分钟，点了点头："我现在就去施展沟通的魔法。我要跟净手团取得联系。"

威菲尔点点头，看着炽热的太阳越升越高。

斯普吉说："克莱夫斯勋爵答应过我。他们会来把我接走的。"

威菲尔喃喃地说："就像拔掉一颗坏牙。"

精灵迈步走开，却又停了下来。他承认道："你知道，我失败了。"

　　威菲尔转过身来看着他。

　　"是的。"威菲尔说，"你弄丢了那颗愚蠢的宝石。"

　　"不。我是一个失败的间谍。那天我从剧院里溜出来，本来是想去弄清楚闪电井的运作原理。但我是个学者，不是特工。我心里害怕。那只叉头兽嗅出了我的气味，差点要了我的命。它把我赶跑了。我什么也没看见。我没有给我的人民发回任何有用的情报。"

　　威菲尔觉得自己应该说几句宽慰的话，减轻斯普吉心里的自责，但这么做似乎没什么道理，因为这个精灵竟然在暗中刺探威菲尔国家的秘密。

　　斯普吉说："我辜负了我的国王。"

　　"我辜负了我的城市。"威菲尔说，"我应该告发你的。"

　　斯普吉不安地扭动着，然后开口说道："档案管理员威菲尔，对不起。"

　　威菲尔用手遮着眼睛，看着面前这个骨瘦如柴的精灵。

　　斯普吉又说了一遍："对不起。对不起，我滥用了你的热情好客，还把你卷入了我的间谍活动，迫使你和我一起逃到这里。"

　　"我回不去了。"威菲尔说，"我再也回不去了。"

　　"对不起。"

　　威菲尔问："这难道就够了吗？一句道歉？像空气一

样轻飘飘的，没有任何分量。"他摇了摇头。他把两颗鹅卵石扔到地上，说道，"你知道你的那些狮鹫骑士是不会来接你的，对吧？"

"他们当然会来。净手团雇我完成这次任务，他们是我们的秘密警察，势力非常强大。就是他们派我到这里来的。"

"正因为这点，他们才不会来救你。"威菲尔说。

"你这样想，我很遗憾。"斯普吉嗅了嗅空气。他眺望着地平线，没话找话地说，"至少这是一个美丽的日出，档案管理员。"

"这不是一个美丽的日出。"威菲尔说着，转过身去，"它的颜色太红了。这意味着可能很快就会有一场火风暴。我们需要尽快离开山脚，钻进大山里去。"

威菲尔没有转回身体，但他听见斯普吉悄悄溜走了。

几分钟后，威菲尔看到岩石上闪烁着噼里啪啦的电光，精灵陷入冥想，身体浮到了半空。

威菲尔摇摇头，闭上了眼睛。

恶魔般的太阳渐渐升高，在空中越来越灼热，越来越耀眼。

精灵王国

敦霍姆

玻璃塔

邦克鲁尔山

妖精王国

特尼比昂

德鲁姆
高原

间谍组织首脑伊索莱特·克莱夫斯

净手团

致精灵王国的国王陛下

陛下：

我们刚刚收到邪恶大王高赫直接寄给陛下的一封信，请求您和高赫在两国边界会面。他说希望您能"与他共舞"，必须承认，这个请求令我感到有些困惑，尽管从野草发来的那些高赫王宫的图像看，确实有很多人在跳舞。

巴利甘将军的军队已经快抵达边境，他们一边等待您的命令，一边歇歇腿脚，掸掸肩章。我们可以一起出发，跟他们会合，然后，如果您愿意的话，可以去和高赫谈判。

我怀疑这和野草的身份暴露有关。他们知道我们派了一个间谍进入他们的王国。局势可能比较危险。陛下，他们可能想挑起战争。

我们继续收到野草发来的信息，这可怜的家伙。关于宝石的下落，他没有做任何解释。宝石已经从他的图像中消失。他给我们发了一张带有X标记的地图，告诉我们怎样找到他——如果我们想去救他的话。当然，我们现在不可能去救他。精灵王国的政府必须否认与他有任何关系。

如果我们把他接回来，就等于承认有罪——承认他确实是为我们工作的间谍。

这将会引发一次国际事件。一场外交灾难。妖精们会再次向我们宣战。

而如果我们什么都不做，让可怜的野草自生自灭，他就会自行消失，死在某个峡谷或山口，我们就可以假装对他的任务一无所知，佯称他只是去送交那块发霉的破石头，除此之外没有别的使命。我们可以声称他只是个傻瓜或疯子。

我真心希望我们不必抛弃他。这对老野草来说确实是太倒霉了，他不知道自己是被派去当间谍的。然而，现在也只能忍痛割爱了。

请务必告诉我，您希望我们如何回应邪恶大王高赫的邀请。如果我们要出发去边境，就应该立刻动身了。

请带上您的舞鞋。

您忠实的仆人

间谍组织首脑伊索莱特 · 克莱夫斯

卢内斯勋爵

净手团

第41章

41

饥饿，炎热。

阳光下的高原热气蒸腾。两位学者已经一天多没有吃东西了。

两人都意识到自己不擅长野外生存。他们被训练得只能活在图书馆和博物馆里。

他们翻过一座座岩石沙丘，上面的草被烤得焦干枯黄。远处，邦克鲁尔山巍峨耸立，松树郁郁葱葱，然而却离得那么遥远。

正午时分，没有影子。威菲尔和斯普吉找到一个可以喝水的水潭，周围有几棵树。

他们蹚进水里，贪婪地畅饮着。

威菲尔说："真希望我们有一个水壶，可以装走一些水。"

"还要多久才能走到山上？"

"也许明天。喝吧，小贝贝。快喝吧，我的湿哒哒的小姑娘。"威菲尔泡在水里，把胡子都浸湿了。

他爬上岸，背靠一棵树坐了一会儿。"啊哈。"他说，"看，尊敬的客人。戈耳工尿脬……"他从地里拔出一株植物，"我们可以吃这个。"

"我很不愿意跟我的妖精同人持有不同意见，但是这东西叫云花。而且它有致命的毒性。"

"这就是戈耳工尿脬。我们的士兵饿了就挖它来充饥。"

"如果你把它吃下肚，就会往后一倒，一命呜呼。"

"此言差矣。"

"我读过许多草药知识的书。"

"我也读过。我可以告诉你，它的根是可以吃的。"

"它的花——哦。你说的是根。"斯普吉显得有点尴尬，抱起了双臂，"也许根可以吃。可是它的花，它的花是有毒的。"

威菲尔耸了耸肩："也许它的花有毒。但是我不吃花。我吃的是根。"他把根在水潭里来回涮了涮，洗去泥土，然后嚼了起来。

斯普吉谨慎地在一旁看着："味道怎么样？"

"不怎么样。但是我恐怕并不会往后一倒，一命呜呼。"

他们把树林里的戈耳工尿脬都挖出来洗干净。咔咔贝在树丛间嗖嗖地飞，能够在开阔的空间里飞来飞去，她感到开心极了。

威菲尔说："我已故的未婚妻——布兰奇蓬——是个军人。她告诉过我吃戈耳工尿脬的事。当时她的连队在邦克鲁尔山作战，他们的路线被你们的第五团切断了。"

斯普吉显然不想再讨论与妖精之间的战争，也不想讨论威菲尔已故的女友。他默默地咀嚼着草根。

突然，咔咔贝呱呱地叫了起来。

"怎么啦，小姑娘？"威菲尔问。他举起一只手，让咔咔贝落在上面。

咔咔贝俯冲下来时看到了什么。她蹦蹦跳跳，用触须往那边指。

他们身后的远处有东西在闪闪发光。

"那是什么？"威菲尔咕哝着。他把眼镜架在鼻子上，调到最高的放大倍数，然后透过镜片望去。

"哦，天哪！"他说，"哦，天哪，天哪！"

"是什么？"

威菲尔用手指着："是里奇巴·杜勃。他竟然跟过来了。离我们只有几英里。"

第42章

在这个漫长而炎热的下午，两人一直肩并肩，疲惫不堪地跑着。他们跑步的姿势就像不习惯跑步的老学究。威菲尔偶尔会停下来，吮吸一下他的袍子，袍子的褶皱间还存有一些水。

"要不要吮吮衣边？"威菲尔大方地说。

斯普吉举起一只手，意思是"不用"。

地面上的山丘越来越多。此刻树也更多了，都是些疙里疙瘩的古树。他们经过了妖精前哨基地的石头遗址，是特尼比昂城建立之前留下来的。

到了一座山丘顶上，威菲尔转过身，透过他的放大镜片看了看。"他们停止前进了。"他报告说，"他们搭起了丝绸帐篷，坐在一起吃冰冻果子露。"

"你能看到冰冻果子露？"

威菲尔承认："冰冻果子露是我猜的。"他皱起了眉头，"他们骑着叉头兽呢。他们知道只要他们愿意，随时都能追上我们。"

"他们是怎么找到我们的？"

威菲尔猜测道："可能是凭气味吧。一只叉头兽在你从事间谍活动时熟悉了你的气味。至于其他的叉头兽，他们可能让它们闻了我家里的什么东西。"

"衣服？"

"比这更糟，皮肤。"威菲尔悲哀地说，"我所有的旧皮肤。我失去了它们。我失去了我的过去。"他转身往山上走，继续在干枯的野草间跋涉。草在他的膝盖周围沙沙作响。他说："我亲爱的布兰奇蓬曾经触摸过的那张皮肤，没有了。也许被烧掉或撕碎了。我母亲曾经亲吻过的脸颊。昔日那个可怜的、天真的男孩子。他的皮肤可能被撕成了碎片。我敢打赌，秘密警察在得到气味之后，就把它们全毁掉了。高赫的秘密警察憎恨所有有历史的人，除了他们在地下档案中保存的那些犯罪历史。"

"妖精竟然会蜕皮，这真是一件怪事。必须承认，对此我还是感到有点不安。"

"对我们来说这很正常。每隔几年就会来一次。起初是感到痒痒。全身都痒。然后皮肤开始脱落。但这也是一件值得骄傲的事，意味着你正在变成一个新人。你长得太大了，原来的旧皮囊已经容不下你现在的新身体。"他拍拍自己的肚子，"对我来说，经常是这里在长。"

斯普吉摇了摇头："可是，听起来还是让人感到不舒服。"

"但这是值得庆祝的事情。有时我们会邀请朋友们过来，给他们提供热饮。我们希望把新的自己展示给他们。"他说，然后微微地笑了笑，但仍然很忧伤。他想起了住在他家附近的那些朋友，大家都欢聚在潘趣酒碗周围。他想起了德鲁兹米拉家的孩子们，以及每个孩子第一次皮肤开裂时举行的盛大派对。他总结道："失去了我蜕下的那些皮肤……就好像失去了我的一部分自我。"

头顶上，油腻腻的黑烟从天空飘过，散发着沥青燃烧的气味。看不清楚烟来自哪里。

一小时后，两位学者和飞来飞去的鱼头精再次停下来，回头张望。

"杜勃先生和他的队伍又骑马追过来了。"威菲尔报告说，"天哪，他们移动得真快啊。"他嗅了嗅空气，说："还有更糟糕的呢。什么地方爆发了一场火风暴。我们必须在它蔓延过来之前进入山里。"

两人向前跑去，满身的灰尘和泥土。

"那是火风暴吗？"斯普吉指着说。

在他们的一侧，一道红光照亮了花岗岩悬崖。他们跑的时候看见有什么东西在向上攀升：是一团螺旋状的火焰。

一个大螺旋产生了许多小螺旋，它们飘移开去，留下了熊熊燃烧的草。

"哦，我的天哪！"威菲尔哑着嗓子说，"我们得找个地方躲一躲。"

"可是，如果不往前走，杜勃先生和他的队伍就会追上我们！"

"如果不找个安全的地方躲起来，我们会被烧焦的。"

咔咔贝不喜欢火。她焦躁地在威菲尔的耳边盘旋。

"可怜的小姑娘。"斯普吉说，"她害怕了。"

"我也害怕，尊贵的客人。"威菲尔嘟嚷道，"我也害怕。"

他们身后，里奇巴·杜勃的队伍在阳光下闪着亮光。

十五分钟后，两位学者跌跌撞撞地爬上一面陡峭的山坡，山坡上有许多破败的妖精老屋。经过几个世纪的阳光暴晒和火焰熏烤，那些大石头都变得黑乎乎的。

火风暴越来越近，吞噬着大片草地。空气里烟雾弥漫。

威菲尔说："这一定是……加加斯的废墟，加加斯是六大古国之一。"他咳得太厉害了，不得不停下来，靠在一块岩石上呼哧呼哧地喘气。

咔咔贝见此情景，转身离开他，飞向天空。

威菲尔腾地坐起来。空中满是烟雾和灰烬，咔咔贝飞得那么远太危险了。"咔咔贝！"他焦急地喊道。咔咔贝已经成了他们头顶上的一个小点。威菲尔又呼唤她的名字，却又开始咳嗽，说不出话来。空气里充满了烟灰，十分灼热。

斯普吉也笨拙地试了试。"咔咔贝！"他喊道，但声音不够大。

威菲尔又哑着嗓子说出了话。他把一只手拢在嘴边。"回来，贝贝！这里！上这儿来！"他吩咐道，"赶快过来！"

他抱怨道："傻瓜。从来都不听话。"

他和斯普吉追着咔咔贝往山上跑。

威菲尔上气不接下气地说："那上面……是一道……瀑布吗？"

"是的……我想是的……"

在咔咔贝飞走的那个方向，他们面前的悬崖峭壁上挂着一条凉爽的银丝带。

"她……她是想让我们往那边走……"威菲尔说。

此刻，小鱼头精扑扇着翅膀向他们飞了回来。她撞上烟雾，在空中跌跌撞撞。威菲尔看到她一头栽了下去，不禁叫出声来。

接着咔咔贝又从云雾中飘然出现了，拍打着翅膀向他们飞来。威菲尔张开双臂。她落在他的肩膀上，咳嗽着，惊魂未定，用鼻子在他脖子上蹭来蹭去。

"好样儿的小姑娘。"威菲尔一边跑一边安慰她，"好样儿的小姑娘。你为我们找到了那个瀑布。"

"还有多远？"斯普吉气喘吁吁地说，"半英里？"

威菲尔催促道："只要能赶到那里……尊敬的客人……我们就……"他没能把话说完。

奇怪的火焰碎片就像燃烧的纸片一样，在周围的空中飘舞。天空被浓烟染成了黑色。

威菲尔双眼刺痛，不停地流泪。他用手擦拭眼睛，但手指上满是污垢。接着他的眼球变得模糊，几乎看不见东西。

斯普吉喘着气说："为什么……这里有……这么多的火？"

"据说……有一个诅咒……"威菲尔想原原本本地讲述这个故事，其中涉及家族仇恨、一个冷血的儿子、一块翡翠护身符和一只燃烧的火蜥蜴；但现在似乎不是时候。

每一次呼吸，空气中飘浮的烟灰都会让他们窒息。

斯普吉结结巴巴地说："我们能不能……躲在这些巨石下面……等着？"

"不行……"威菲尔解释说，"火会把空气……都吸走……如果找不到一个安全的地方藏身……我们就会窒息而死。"

斯普吉惊叫起来。

一道弧形的火焰从他们头顶掠过，就像一颗燃烧的炮弹，直接冲向山坡。灌木丛顿时着了火。

瀑布离他们还有半英里远。

两人沿着一道崖壁奔跑。他们处在大山的阴影中，然而熊熊烈焰把石头烤得通红，傍晚时分的阴影根本不足以抵挡这股热浪。

大火穿过那座古镇向他们逼近，仿佛在房子里搜查叛徒一样，吞噬了地基和拱门。

咔咔贝惊恐地哭了起来。她把自己藏在威菲尔的袍子里，身体紧贴他的胸口。威菲尔从心底里怜惜她。她不明白发生了什么事。她没有任何错，却要白白送死。威菲尔没办法保护她，这令他感到心碎。

火焰从近旁一个门洞轰地蹿出来。两位学者跌跌撞撞地后退。

此刻，高原上卷起了一股巨大的火焰旋风。

火柱直插云霄。

热浪势不可当。他们想跑，可是几乎无法呼吸。

"快趴下！"威菲尔喊道。

他们趴下来，匍匐前进。泥土附近的空气稍微清新一点。

然而威菲尔知道，他们来不及赶到瀑布那儿了。

他拼命消除内心的担忧和对死亡的恐惧。此时此刻，恐惧帮不了他。

火焰在他们周围狂舞，他和斯普吉往后退缩。

接着，一道石墙倒塌了。

他们被火焰吞没。

第44章

间谍组织首脑伊索莱特·克莱夫斯

净手团

致精灵王国的国王陛下

我的国王陛下：

　　我一向非常喜欢去您的王座室跟您聊天。有您这样的统治者，我感到三生有幸。虽然我们的关系似乎不如过去那么亲密，但我很高兴仍能谦卑地为陛下和我们辉煌的精灵王国效力。

　　几小时前我在您面前的时候，我们谈到了战略。您似乎决意要在两个王国的中间地带，在邦克鲁尔山的边缘，与邪恶之王高赫会面。为此，我调集了一支由二十名狮鹫骑士组成的骑兵中队，带您去与巴利甘将军的队伍会合。狮鹫骑士将在两小时后出发。陛下今晚就会到达将军的营地。明天早上，您将向东开拔，走完最后五十英里左右的路程。陛下和军队一同前进，但您将单独与邪恶之王见面交谈。

虽然您会让军队做好准备，以防高赫玩弄阴谋伎俩，但是请别忘记，高赫肯定也会让他的妖精军队做好准备，随时向我们发起攻击。

因此，我有一点小小的担心：如果稍有差错，就又会爆发一场全面战争，比上一场战争更为惨烈——爆发一场我们前所未见的大战。

如您所知，一开始我们手里有个秘密计划，因此我对战争充满热情——当时我们以为，这个时候野草肯定已经把高赫暗杀掉了，此时妖精们群龙无首，完全乱了方寸。但是请别忘记，现在我们没有什么撒手锏可用了。

我知道您很清楚这一点。我相信您甚至会把这次失败归咎于我和我的净手团，陛下甚至可能为此有些恼火，因为您在我拜访王座室的时候又剁掉了我的一根手指。

老伙计，我虽然很感谢您听取了我的愿望，但是我发现我对那根小手指的怀念超出我的预期。难道我们找不到一个求同存异的方法吗？

威格斯·斯特恩·道格拉斯曾向我发起挑战，这个月晚些时候要跟我打一场手球比赛。现在毫无疑问，他将拿到乡村俱乐部的手球总冠军了。

您忠实的仆人

间谍组织首脑伊索莱特·克莱夫斯

卢内斯勋爵

净手团

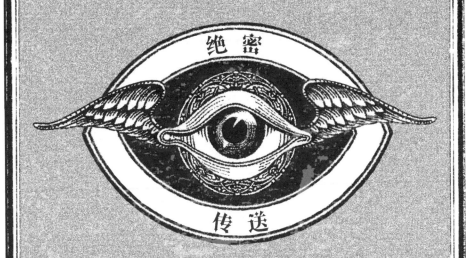

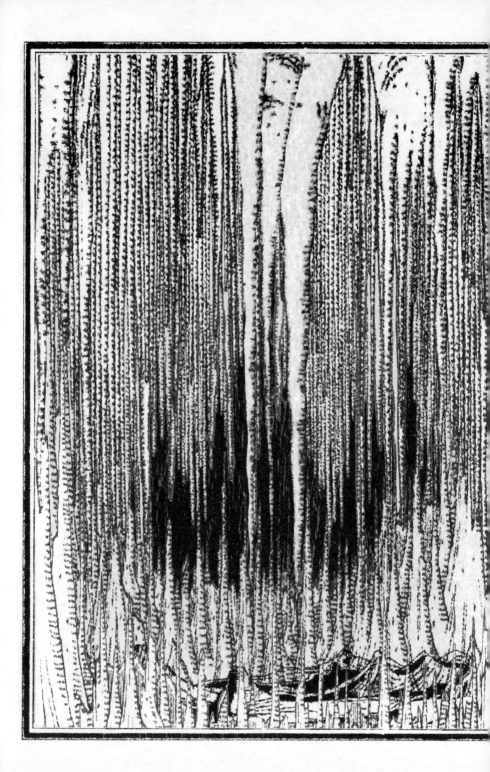

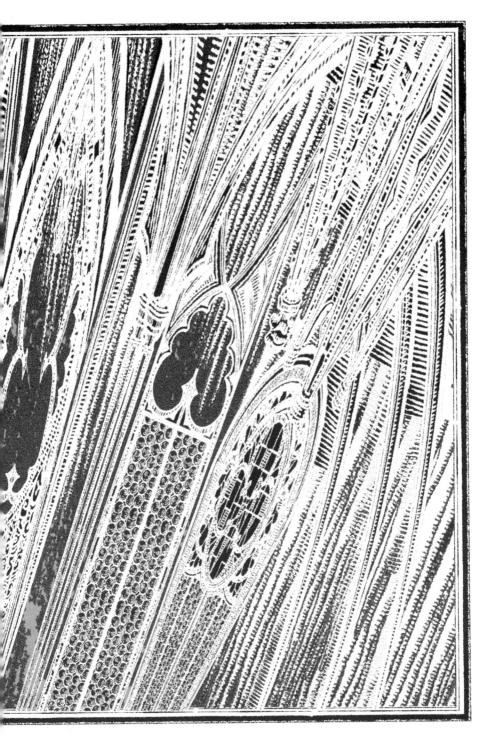

布朗万·斯普吉和档案管理员威菲尔呆立了几分钟，惊奇地环顾四周，打量着他们头顶上方那座宏大的地下城堡。塔楼、走廊和黑暗的拱形窗户，都灌满了呼啸的狂风。

"加加斯。"威菲尔低声说，"这是妖精们逃离森林后兴建的六大王国之一。"

"多么令人震惊啊。"斯普吉说，"我真想赶紧把这件事告诉其他的精灵学者。"

威菲尔伸长脖子，在黑暗中向上张望。他们走上一段豪华的楼梯："我和布兰奇蓬曾经计划蜜月期间到六大王国的每个废墟去旅行。我们当时打算……"他停住话头，摇了摇头，想摆脱那个思绪。

然后，他换了一种比较学术的语气说道："早在高赫统治之前，这座城市就存在了。妖精们逃离精灵的入侵后，建立了六大王国，每个王国都有一座堡垒。开始只是一些不起眼的岩石堆。我们就在这些贫瘠的地方勉强维持生计，还要躲避空中狮鹫的攻击。但几个世纪过去，堡垒变得复杂精致。就像这一座。非常精美。看看那些壮丽的拱门。想象一下当年妖精人丁兴旺的时候，这地方有多么热闹！可是后来，护国君高赫从他的世界来到这里。他很快就把六大王国全部征服了。他把我们聚了一起。最后，所有的妖精又团结在一个旗帜下面。高赫承诺给我们力量和胜利。他领导我们建造了特尼比昂城。"

"我们要去哪儿？"斯普吉问。

"上山。有一些通道能穿过大山的中心，到达山顶。山顶上会有几座瞭望塔，俯瞰远处的精灵王国，防止遭到攻击。六大王国时期，战争频繁。妖精跟妖精作战。还有，如你所知，妖精跟精灵作战。"他眯起眼睛望着黑暗，"我们需要尽快上山。这样至少可以远离里奇巴·杜勃。"

"他能在火风暴中幸存吗？"

"哦，是的。你觉得他为什么会发光？他有全套的铝制装备来抵御我们夏季的火焰爆发。火风暴会耽搁他几个小时——但是火焰熄灭后，他能在废墟中寻觅蛛丝马迹，找到进入这座堡垒的路。哦，是的。斯普吉导师，我们不能休息。"威菲尔指着一堆陈旧的篝火，"看！有游客来过。露营者。山洞探险者。还是会有人来这里度假，虽然不多。如果秘密警察发现你去过六大王国之一的废墟，你就危险了。高赫不喜欢我们回顾他来之前的妖精历史。"

斯普吉惊叹地用手抚摸一些精美的雕刻，上面刻的是橡树叶、猎犬和鱼头精。"多么精致啊……"他说，"奇怪的是，它更像精灵建筑，而不是妖精建筑。他们一定是根据精灵城市来建造这些堡垒的。"

"啊！"威菲尔说，"在这点上，我尊贵的客人可就错了。实际上，是精灵建筑借鉴了早期妖精建筑的这些形式。"

"怎么可能？"

"也许你没有读过德洛奇的加仑夫写的《塔楼的历史》吧？"

"我记得这本书里简单地提到一部高深得多的精灵作品：勒松日的波皮埃尔所著的《论城堡、要塞和堡垒》。"

"但我记得勒松日的作品年代更近一些，因此，对于精灵建筑的早期历史，它不如昌普·维特利的《精灵野蛮人编年史》这样的目击者的叙述可靠。"

"你读过梅尔金特·福莱斯的《建筑七大规则，并附储藏室介绍》吗？你真应该读一读。如果你还没有读过，我不确定你是否可以权威地说……"

"啊，或者耶鲁德·德韦斯普兰的《精灵王国的教堂》？

那真是稀世佳作。非常罕见，也许你听都没有听说过？"

"我就知道你会提起这本书……但我建议你读一读……"

就这样，他们拾级而上，穿过那些古老的庭院和住所，谈话声在身后回荡。在那几个小时里，他们过得简直可以说是很愉快，假装友好地给对方提出阅读建议，实际上只是想让对方觉得难堪。

很长一段时间以来，这是两人度过的最美好的一个夜晚。

有时，他们会停下来，低头看看他们爬上来的那个深坑。在这样的时刻，两人不再说话，而是出于惊叹、出于对湮没的历史的崇敬而保持沉默。山墙、塔楼和小炮塔耸立在他们面前，在夜色中模模糊糊，呈现出一种蓝色。

从通风井刮进来的风已经停息，说明外面的火势可能已经熄灭。两人谁也没有说话，可是都担心里奇巴和他的队伍很快又会追上他们。

但爬了那么多楼梯，两人都已经筋疲力尽。他们估计时间已是午夜，就停下来休息几分钟，把最后几根戈耳工尿脖吃掉。

他们在一个古宴会厅里吃着这难以下咽的一餐。墙上有妖精国王和王后的精美雕刻。两位学者坐在一个巨大的带罩子的壁炉里，慢慢地咀嚼着。

"想象一下这个房间里举行过的那些会议吧。"斯普吉嘴里塞得满满的，说道。

"啊！古代的统治者。"威菲尔说，"想象一下那些音乐和舞蹈吧。还有来自异国的使者。"

"我恐怕再也吃不下这个尿脬了。"

"确实令人作呕。"威菲尔赞同道，"我今天吃了太多这玩意儿，觉得有点不舒服。一种难吃的野草。哦，我的胃。"

斯普吉导师低头看着最后一点戈耳工尿脬。

"我小时候在学校里，"他说，"他们叫我野草。"

"那太可怕了，尊敬的客人。"

斯普吉点点头："因为有一种野草叫斯普吉。不起眼的斯普吉。"

威菲尔真心为小男孩斯普吉感到难过，甚至没有顾得上问成年的斯普吉有没有读过冯·蒂布拉的《论花与小灌木》。

他只是温和地说："记住，野草其实就是另一种植物。"

"一种没有用的植物。一种没人要的植物。"

"真正了解植物的人，从不把任何东西称作野草。因为每种植物都有它特殊的神秘用途。每一种植物，对于了解它的人来说都是珍宝。"

斯普吉忧伤地凝视着黑暗。最后他说："你读过冯·蒂布拉的《论花与小灌木》吗？"

威菲尔拍了一下巴掌："啊！尊敬的客人！我刚才就想到了冯·蒂布拉！"

他的巴掌声在大厅里回响。在一片死寂的黑暗的楼梯间上下回荡。咔咔贝紧张地挪动着身子。

斯普吉和威菲尔突然意识到，午夜的黑暗浩瀚无边，层层叠叠地延绵数英里。

斯普吉垂头丧气地说："我们还是继续往上爬吧。"

他们继续顺着弯弯曲曲的台阶走上去，经过一些空洞洞的窗户和破损的阳台。

不幸的是，威菲尔刚才的巴掌声和喊叫声传得很远，在堡垒中心的深坑里久久回响。

因此，当他们走上一个阳台，发现面前是一堆篝火和一群拿刀的妖精时，已经无处可藏了。没有退路，只会消失得无影无踪。

耀眼的火光，照亮了对方的伤疤、狞笑，以及拔出来准备进攻的武器。

这些都是强盗。他们从篝火旁站起身，不怀好意地凑上前来。

"**女**士们、先生们，"威菲尔说，"你们无疑是一群天真的露营者。我们继续往上走了，祝你们晚安。"

"你说对了，老爷子。"一个年轻的杀手笑嘻嘻地说，"我们只是露营者，在探索这座幽暗美妙的古城。"

咔咔贝尖叫着在空中发出愤怒的警告。她那鱼类的叫声在石头间回荡。

威菲尔退后一步，说道："我们不想给你们这样一群热衷于山洞探险的历史爱好者惹麻烦。虽然我们很想留下来，坐在篝火旁跟你们交流古老的加加斯和六大王国时期的故事，但我们必须继续往上爬了。"

年轻的杀手说："哦，来吧，老爷子。我们来烤一些棉花糖吧。"

威菲尔又后退了一步，握紧了拳头，准备在必要时击打对方头部。他说："优秀的露营者们，改天我们再坐下来畅谈昔日的快乐时光吧。我会给你们讲格伦杜拉女王惊心动魄的鬼故事，她的情人在她的燕麦粥里下了毒药。但是，唉，我们必须得走了！贝贝，你这个讨厌的、呱呱乱叫的小坏蛋，请安静点吧。嘘。嘘。他们只是露营者。"

房间里仍然回荡着咔咔贝警告的叫声。

"他们实际上是强盗。"斯普吉对他的东道主耳语，反而在帮倒忙，"强盗。土匪。"

"那是一个精灵吗？"一个年长的妖精吼道，用一把锋利的弯剑指着斯普吉。她浓密的白发乱蓬蓬的，眼睛里透着杀气，满脸的憔悴，似乎已经杀过很多人了，不介意再多杀一个。"我憎恨精灵。"女人咆哮道，"每个人都憎恨精灵。弄死一个精灵会很有趣。"

"我们不想惹麻烦。"威菲尔说，"我们和你们一样，都在逃避法律。"

"是吗？"老强盗说着走过来，把剑尖举到斯普吉的脸边。

咔咔贝愤怒地尖叫起来。

"快让那玩意儿把嘴闭上，"强盗咆哮道，"不然我就让它永远闭嘴。"她朝鱼头精抢起了弯剑。

威菲尔赶紧伸手抓住咔咔贝，把她贴到自己胸前。咔咔贝气得小身子直发抖。

强盗介绍自己。"断鼻梁艾瑟夫丽莎。"她说，"你们这样的绅士，肯定会有很多东西免费送人吧。"

威菲尔眯起眼睛："只要我们有的，都会送给你们。然后你就会放我们走吗？"

"可能吧。有人能从这里逃出去。有人不能。"

"这是你的名字吗？"斯普吉说，"断鼻梁？"

艾瑟夫丽莎用剑尖碰了碰自己的鼻子。"鼻梁断了，兄弟。"她说。

威菲尔掏出钱包。"我所有的都在这儿了。"他打开钱包说，"几枚金币，一些银币……"

强盗包围了两位学者，推推搡搡地来回抓他们。

第一个跟他们说话的年轻人此刻在斯普吉身边摆弄一把匕首。他说："精灵都很娇气。他们皮肤细腻。慢慢地弄死一个精灵会很好玩儿。"

"没错。"艾瑟夫丽莎赞同道。她用参差不齐的指甲划过斯普吉的脸颊，"我打赌他会没命地尖叫。"

斯普吉躲避着满是污垢的指甲。

"怎么啦？"艾瑟夫丽莎嘟囔道，"肮脏的妖精碰到你了？"

斯普吉语气坚定地说："你们在讨论怎么杀死我。我并不觉得我的反应不合理。"

"高贵的强盗们！"威菲尔说，"尊敬的妖精们！我把我们的钱都给了你们。我们拿不出更多的了！请你们说话算话，放了我们吧。"

"我并没有答应。"艾瑟夫丽莎说。她一把抓住斯普吉的衣服。她朝精灵脸上啐了一口，然后把他推倒在地上。

"没有人喜欢精灵。"艾瑟夫丽莎说，"他们全是废物。"她用全力踢了斯普吉一脚。斯普吉痛苦地扭动着。

艾瑟夫丽莎举起弯剑，想把他杀死。

第48章

威菲尔大喊一声："住手！"

他的声音很响，有足够的威慑力，大家竟然都停了下来。"这个精灵受到我的保护。他是我的客人。放我们走吧，我们会把所有的东西都给你们。"

"你刚才说已经把所有的都给我们了。"

"给！"威菲尔说着，费力地脱下他的礼袍，"最精美的锦缎长袍！在特尼比昂的最高法庭上穿过！价值连城！"

"价值连城？"断鼻梁艾瑟夫丽莎说。

威菲尔一边难过地叠起长袍，一边暗想："生活啊，真是造化弄人：我两天前穿上这身长袍时，还以为我们要去面见高赫大王。没想到现在却在仓皇逃命……而这身袍子，将在加加斯古堡的废墟中腐烂……"

他把袍子递了过去。

威菲尔身上只剩下眼镜，还有裹住他双腿的那块大尿布似的东西。他的大肚腩垂了下来。他在阴冷的山洞里瑟瑟发抖。

艾瑟夫丽莎把袍子抖开，仔细端详。"看起来价值不菲。很好。"她闻了闻，"哦！你穿着这个奔跑的吧？一股汗臭味儿。"

"拜托。"威菲尔满含深情地说，"清洗时请不要用热水。袍子会缩水的。不要那样把它抖开。我建议你每次都把它送到专业清洗店。"

"没问题。"艾瑟夫丽莎说。她把袍子甩在肩膀上，然后对同伙说："好了。现在干掉他们吧。"

"什么！"威菲尔抗议，斯普吉尖叫道："这不公平！"

但是妖精们还是把他们团团围住，用短剑和短刀刺他们，逼迫他们退向阳台的栏杆，退向栏杆后面的茫茫黑暗。

威菲尔看着强盗们的一张张脸，看到的只有愤怒、委屈、仇恨和狡诈。他一步一步后退——但已经没有多少退路了。他的脚后跟踩到了阳台边缘。他和斯普吉身后只有一道栏杆和黑洞洞的深坑。

"我们不会告诉任何人你们在这里！"威菲尔说，

"绝对不会！他们永远不会知道！"

"是的，你们不会的。"一个强盗说，在威菲尔的喉咙边挥舞着他的剑。威菲尔向后退缩，被一根栏杆绊了一下。

"爬到栏杆上去。"艾瑟夫丽莎说。

两位学者爬上石头栏杆，一股冷风从半英里之下刮上来，吹得他们浑身哆嗦。一想到即将坠落到下面的深渊，他们就不禁膝盖发抖。

"留神，看刀。"艾瑟夫丽莎说，她用刀刃砍向威菲尔赤裸的腿。威菲尔跳到一边，想要逃跑，却在栏杆上滑了一下，差点跌落。他挥舞着两支胳膊。

另一个强盗出现在他的另一边，手里挥着一把弯刀。威菲尔又跌回到艾瑟夫丽莎这边。

四个强盗把精灵围住，大笑着用刀刺他。斯普吉大声尖叫，拼命地跳来跳去，避免自己被刺伤。

两人拼命想保持平衡。刀刃在火光中挥舞，闪着寒光。斯普吉抬高腿跳了起来。威菲尔差点摔下去，幸好斯普吉一把抓住了他的手腕。两人摇摇晃晃地站在那里，脚后跟悬空。

接着断鼻梁艾瑟夫丽莎喊道："游戏结束！你们出局了！"

妖精们纷纷伸出手，使劲推两位学者的腿。

威菲尔和斯普吉踉跄了一会儿，失声尖叫，掉了下去。

艾瑟夫丽莎竖起一根手指，示意大家安静。

斯普吉叫得更久，随着他消失在下面的黑暗中，他的叫声也听不见了。

艾瑟夫丽莎点点头。"现在我来试试这件袍子。"她说。她把袍子套在身上，拉了拉袖子。

那天夜里，强盗们围坐在篝火边，吃着切达香肠，心里对艾瑟夫丽莎肃然起敬。他们早就知道她天生是当领袖的料，然而现在，她穿着华丽的宫廷长袍，面带微笑，得意扬扬，看上去俨然是一位女王。

第49章

威菲尔和斯普吉也是命不该绝，就在下面还有一
个阳台，所以他们只坠落了十英尺。斯普吉运气更好：他落
在了威菲尔身上。当他意识到自己不会死时，就渐渐停止了
喊叫。

另一方面，威菲尔被摔得晕头转向，喘不过气来。他张
开双臂躺在那里，大口地吸气，不能说话也不能正常呼吸。

石头贴着他赤裸的后背，寒冷刺骨，感觉身上像着了
火似的。

斯普吉飞快地转动脑筋，他竖起一根手指压在嘴唇

上，想悄悄地把威菲尔扶起来。能不能活命，就看他们能不能不发出声音了。他们听见强盗们在楼上粗声大笑。

威菲尔疼得弯着腰，摇摇晃晃地离开了阳台。斯普吉在一旁扶着他。咔咔贝贴着威菲尔的肩膀，担忧地舔着他的脸颊。他们蹑手蹑脚地穿过一间破败的小教堂，进入漆黑的走廊。

两人一言不发地走了二十分钟。

远远离开那些强盗后，他们压低声音谨慎地交谈了几句。

斯普吉说："档案管理员，我为掉在你身上而深表歉意。"

"你不是故意的。"

"你肯定冻坏了，档案管理员，你没有穿衣服。"

斯普吉突然看到威菲尔在笑，不由得大吃一惊。

"我确实冻坏了。"威菲尔说，"这也是一件好事，是这场可怕遭遇带来的唯一一个好处。"

斯普吉皱起了前额，说道："我不明白。"

"尊敬的客人，"威菲尔喜滋滋地解释说，"后面有一只熟悉我们气味的叉头兽在追踪我们。而我刚才把一件长袍——浸透我汗水的长袍——送给了一伙邪恶的强盗。"他搓了搓双手，"就像俗话说的①，我们让里奇巴·杜勃彻底失去了线索。他寻找我们的时候，只会找到断鼻梁艾瑟夫丽莎。"

---

①这句俗语是throw someone off the scent，意为"糊弄人，转移某人的视线"，直译为"让某人失去气味"。——编者注

第 50 章

黎明时分，两位学者脚步踉跄，从邦克鲁尔山顶的一座破塔走了出来。

威菲尔忍不住瑟瑟发抖。他几乎是光着身子从山洞里出来的，只裹着那块亚麻布尿片，像一个长满疣子的婴儿，这辈子从没感到这么冷过。他的皮肤火烧火燎的。他的牙齿咯咯作响。只有他的胡子让他感到暖和，他把胡子紧紧抱在胸前。小咔咔贝不愿意坐在他的肩膀上，因为他的颤抖使她感到不安。

他们看见太阳从妖精王国的国土上冉冉升起。阳光照亮了巍峨的大山，照亮了松树丛生的峡谷，也照亮了花岗岩的悬崖峭壁。

"你身上发青，颜色很奇怪。"斯普吉说。

威菲尔颤抖着下巴说："我们继续赶路吧。"

"别担心。"斯普吉说，"阳光很快就会让你暖和起来的。"

他们沿着一条小路走进了茂密的松树林。斯普吉说："确实，加加斯古堡的设计跟后来远在南边的封塞尼精灵城堡非常相似。我巴不得赶紧回到敦霍姆，就此事写一篇论文，介绍精灵与妖精之间的早期文化交流。你开阔了我的视野。我有一大堆问题要请教。想想吧，我是几个世纪以来第一个看到加加斯废墟的精灵啊！"

威菲尔根本没心思听。他没有力气继续往前走。他的身体太冷了，正在罢工。他靠在一棵松树上瘫坐下来。

"对不起，尊敬的客人。"他说，"我走不动了。"

斯普吉慌了手脚。"我给你生一堆火！"他说。他折下一些低矮的黑黢黢的松树枝。

"这会让别人知道我们的位置。"威菲尔抗议道。

"你需要暖暖身子。"斯普吉不停地往怀里堆树枝。

"好吧。也许可以快速地生一堆火。可以……"

"坐下吧。档案管理员。"

威菲尔低声说："哦，哦……我们怎么生火呢？"

斯普吉聚起一小堆树叶，然后往上添加小树枝，再添加大树枝，再添加圆木。

"哦，小贝贝。"威菲尔说，"你的朋友和主人太冷了。我们拿什么生火呢？"

斯普吉皱起眉头，打量着这片空地。然后他说："就用你的镜片吧。档案管理员，可以吗？"

威菲尔颤抖着摘下眼镜，递了过来。斯普吉把它调到最高放大倍数。他把镜片来回倾斜，捕捉清晨的阳光。一开始，什么反应都没有。

但过了一会儿，放大镜下的树叶开始冒烟。

几分钟后，他们生起了一堆火。穿着内衣的妖精凑上去，用胳膊拢住火苗，那距离近得有些危险。

"当心你的胡子。"斯普吉说，"你会被火焰吞没的。"

精灵跑去捡更多的木柴。威菲尔蜷缩在火堆旁，浑身发抖。他希望他们暂时平安无事。当然，火、烟、山洞里的恶臭，还有那些带着汗味的强盗，那汗味会误导别人，掩盖他们的踪迹。现在，里奇巴·杜勃要花很长很长时间才能找到他们了。

灌木丛哗啦一响，一个身影跟跄而出。

是斯普吉。他冲进空地，大大地吐了一口气。"我偷到了！"他喊道，"那儿有一间吊脚屋，晾着洗干净的衣物。我鼓起勇气偷了几条床单，让你披在身上，档案管理员！给，披上吧！"

他递过来一团乱糟糟的床单。

"非常感谢你，尊敬的客人。"档案管理员说着，从小火堆旁僵硬地站起身，"虽然床单上绣满了小娃娃。"

斯普吉给他裹上绣花的亚麻床单。威菲尔像披斗篷一样用一条床单裹住身体，把一个枕套当帽子。他跟第二块床单搏斗了一会儿，把它弄得像一个外套。他把冻僵的双手藏在里面。

"这样我就能继续前进，到达你挑选的接头地点了。"威菲尔说。

"是的。你不会有事的。"斯普吉说，"说不定我们还可以让狮鹫骑士把你和我一起带回去呢。"他突然想出一个主意，"我们可以共同撰写那本关于精灵和妖精早期文化交流的书！那将是一部前所未有的作品！"

"现在我暖和过来了，我们应该继续走。"威菲尔说。他们沿着小路慢慢地走。威菲尔的脚步很沉重。

"我见识到的这些东西，以前没有一个精灵见过并活着把它们讲出来。"斯普吉说，"我的外交任务可能是失败了，但我有这么多的事情要告诉我的人民！"

不知是因为好心还是因为寒冷，威菲尔没有回答。他没有再说他怀疑精灵王国的政府不会真的派人来救援。他心里想的是，大山里孤独的人们怎样对着空旷的山峰唱歌，并把回声当成了友好的回应。

两人一直沿着山脊往前，穿过寒冷的云杉和冷杉林，爬过岩壁。威菲尔估计他们需要继续往北走。

他们必须格外小心，以防碰到妖精。高地上有一些孤零零的小木屋和石屋，还有高赫的士兵把守的警戒塔。他们甚至还在一个山谷里看到一个妖精小村庄，伐木工用马车拉着大树从村中穿过。

到处看上去都是一派祥和——然而对布朗万·斯普吉这样的精灵来说，在任何一个地方停下来几乎都意味着死亡。

还有一次，他们经过一座小镇的废墟，这座小镇是在最近一次与精灵的战争中被摧毁的。倒塌的房屋里野花丛生，在妖精家人尸体倒下的地方，长出了一簇簇的蘑菇。

下午晚些时候，他们在一个地方休息，从这里可以向东眺望德鲁姆高原。威菲尔把床单整理好，铺在花岗岩上。

"我们从这里往西走。"他解释道，"今天晚上就应该能看到大山另一边的精灵王国了。玻璃塔就在那里。"

"那是什么？"斯普吉用手指着问道，"平原上的那个……是烟吗？下面又起了一场火风暴？"

威菲尔眯起眼睛，透过放大镜望去。"不……"他说，"不是，你看。"他急切地把镜片递给斯普吉。

斯普吉看了看，只见在平原的中央有一支妖精军队正在行进。浩浩荡荡，尘土飞扬。

成千上万的士兵排着整齐的队列。一队队骑兵骑着穿铠甲的战马或叉头兽。步兵手持长枪和戟。而在他们头顶的天空中，作战飞龙在尖叫。

在后面很远的地方，在一个用丝绸、锦缎和金丝布制成的巨大帐篷下，高赫坐在一个镀金台子上，被拉着穿越沙漠，他的周身散发着奇异的、超凡脱俗的光芒。

"哦，糟糕。"威菲尔说，"你认为这是怎么回事？"

"历史，档案管理员。"精灵痛苦地说，"我们正在见证历史。"

间谍组织首脑伊索莱特·克莱夫斯

净手团

敬精灵王国的国王陛下

陛下：

　　我知道您已经抵达巴利甘将军的队伍，正在向东挺进，前往邦克鲁尔山。我很快就会与你们会合。

　　我们的巫师刚刚收到高赫宫廷发来的消息。妖精们期待在谈判开始前进行礼节性的礼物交换。

　　当然，我们曾为邪恶之王准备了一份礼物——多么特别的礼物啊！——那块被诅咒的宝石——然而它却被弄丢了。

是的，陛下，我知道您对此大为恼火。我右手上缺失的每一根手指时时让我想起您的不悦。

不过，我们还是得找一件闪光的垃圾送给妖精国王。一件能让他高兴，又不会令我们损失太大的东西。

我们需要让人在皇家金库中巡视一番，仔细看看所有那些古代文物，告诉我们哪一件既能让人眼花缭乱，又不致让我们因失去它而哭泣。

多么希望老野草在这里啊。他肯定知道。

是的，陛下，我知道是我把无能的野草派出去的。别忘了，我那些缺失的手指同样也会提醒我这一点。

顺便说一句，可怜的野草仍然会发送最新的消息。这次是一场火风暴的图像——说实在的，妖精的国土显然是一片凄惶无边的受难地，他们竟然愿意住在那里，肯定都是一些可怕的怪物。

要想在那片满是岩石和火焰的荒原上生活，必须是一个没有美感、没有希望、没有欢乐的野兽。任何有灵魂的生命都不可能住在那样的地方。

您要去迎接的就是这些可怕的怪物，陛下。

在接下来的几天里，我将飞到您的身边，陪您一起面对邪恶之王高赫。

我抓狮鹫缰绳的手可能不太稳当，但我仍然会握着您的手向您致意，陛下，让您相信我永远是——

您卑微的仆人。

间谍组织首脑伊索莱特·克莱夫斯

卢内斯勋爵

净手团

精灵间谍和他的妖精东道主徒步穿越邦克鲁尔山,向古老的玻璃塔走去。这条小路穿过草地和森林。

他们都很饿了。身上带的草根已经吃完。威菲尔平时没有锻炼的习惯,他气喘吁吁,磕磕绊绊地走在岩石和树根上。

下午晚些时候,他们爬上一个石头圆顶,呈现在眼前的是精灵王国。山坡下是大片的绿色田野、果园、森林、河流和湖泊,湖上漂着白色的风帆。

山顶有一根白色的杆子,标志着精灵王国和妖精领地的边界,杆子上飘扬着高赫的旗子。

"啊，美丽的精灵王国！"斯普吉惊叹道，"我的家乡！我快要到家了，档案管理员！"

威菲尔努力挤出一个热情的微笑，心里想的却是自己再也无法回家了。即使回到家里，他也不会去参加任何邻里派对或蜕皮聚会了。他会被逮捕并处死。德鲁兹米拉不得不假装仇恨他，不然她和她的孩子们就有协助高赫的敌人逃跑的嫌疑。其他的邻居——面包师、制箭师、蜡烛师、书店老板、建筑工、画家和其他历史学家——都不得不假装他们从来就没有跟他做过朋友。

斯普吉滔滔不绝地说："今天傍晚，我的国家会有绚丽的晚霞。"

风吹得旗子猎猎作响。"天气很快就要变凉了。"威菲尔神色凝重地说，"天快黑了。"

"对不起，档案管理员。"斯普吉说，尽管夜晚来临并不是他的责任。

"啊，好吧。"威菲尔说着，把旗子降了下来，"我们至少可以用这个取暖。"他解开绳子，把旗子披在斯普吉的肩膀上。"尊敬的客人，此时此刻，这是我们国家能给予你的最优厚的款待。"

那天夜里太阳落山后，他们把帆布旗当毯子盖在身上。谁都不喜欢对方的气味。旗子太小了，盖不住两个人，他们为了谁应该得到更多布料而争吵。两人都坚持让对方多盖。

"你再多拿点旗子过去，珍贵的客人。"

"不，档案管理员。你会比我更冷。你再拿过去一点吧。"

"你必须听我的。导师。"他们把旗子推过来推过去。

咔咔贝睡在他们俩中间，鼾声比谁都大。至少她是暖和而安全的。

两位学者没有告诉对方，他们都曾在夜里的某个时候醒来，确保另一个人盖得很严实，然后观察片刻，确保他们三个很安全，黑暗中的树林里没有悄悄潜伏着什么东西。

就这样，他们被这个欲置他们于死地的国家的旗帜包裹着，一直睡到了天亮。

那天上午，他们来到了玻璃塔。

第53章

十点钟左右，他们发现玻璃塔在附近的山脊上闪烁。两人又走了一段路才到达那里。首先必须爬下一个很深的河谷，然后穿过松树林往上爬。

斯普吉难受地在身上挠来挠去。他不小心睡在了一片毒藤上，身上痒得要命，心情烦躁。

他们到达倒塌的玻璃塔时，已将近中午了。山顶上竖立着巨大的玻璃碎片。仍有一些螺旋形的玻璃楼梯残留着，通向空中那些细细的桥梁。到处都是锋利的玻璃残片，在正午的太阳下闪闪发光。

塔的那一边，山下就是精灵王国，笼罩在一片金色的薄雾中。

"精灵王国……"斯普吉叹息着说，"我的祖国。我很快就能回去了。回到敦霍姆图书馆的白色大理石大厅。哦，档案管理员，你无法想象那个地方有多美！"

威菲尔只是做了个苦脸。

"我们可以交换图书。"斯普吉说，"现在，我们两国之间可以进行奇妙的知识交流了。我们可以了解彼此的历史。"

他们在那个亮闪闪的碎玻璃空壳周围走来走去。

斯普吉问他的东道主："你说是高赫命令你们的人民建造了这些塔？"

"是的。大部分建在沙漠里。过了十到十五年之后，他又让工人们把它们一个个都推倒。没有人知道为什么。即使他告诉我们原因，可能我们也无法理解。"

"这么大的工程……曾经肯定非常漂亮。"

"当心。你的脚会被划破的。"

他们在森林边缘一些柔软的苔藓上小憩，坐下之前检查了地上有没有碎玻璃。

威菲尔在一旁注视着，他看见斯普吉噼噼啪啪迸射出魔法火星，身体悬在地面上方，正在给敦霍姆发送信号，告诉对方他已经到达了会面地点。

"骑狮鹫飞到这里大概要七个小时。"精灵说，"他们今晚应该可以过来接我。"

威菲尔点点头，但他显得忧伤而沉默。

布朗万·斯普吉兴奋得近乎浑身发抖。他显然巴不得立刻就被接回家。现在离别在即，他觉得他的这次妖精王国之旅所经历的一切更像是一场迷人的冒险。他甚至承认，他很喜欢他们在特尼比昂城的餐厅里吃过的几道菜。

他恳求威菲尔再给他介绍介绍古妖精语——一种他不懂的语言——威菲尔承认自己对古精灵语一窍不通。两人谈论着这两种有上千年历史的古老语言中的食物词汇，谈到古人表示"橘子"和"油炸"的词语时，不禁舔了舔嘴唇。他们交流了各自国家经典著作背后的故事，并计划将来交换古籍手稿，以便更好地了解两个民族一千年前的历史。他们十分投机地聊着遥远的过去，等待着金色的狮鹫在天空出现。

他们几乎没有听到从灌木丛中走来的脚步声。

他们沉默了，担心那可能是卫兵岗哨站的妖精。

斯普吉压低声音说："也许是克莱夫斯勋爵！"

威菲尔神色凝重。"他们没有来。"他低声说，"这更像是妖精，不是精灵。"

"我不明白你为什么一定要这么沉重和悲观。"

"因为我了解贵族、政客和富人们的行为方式。"

"你对我没有信心！你不知道我对精灵王国的价值！"

"我确实没有——"

就在这时，一个尖利、清亮的声音叫出了斯普吉的名字。"布朗万·斯普吉导师？"然后用精灵语问，"导师，你在哪里？我们大老远地跑来找你！"

斯普吉站起身。"我在这儿！"他说着，从苔藓上跳了起来，"你能找到我，我感到很荣幸！"

接着他沉默了。因为迎接他的并不是一群穿着狮鹫骑手装的精灵骑士。

"我们找到你，我真是高兴极了！"那个尖尖的声音用蹩脚的精灵语说。

那根本不是什么精灵，而是里奇巴·杜勃。

第54章

54

里奇巴·杜勃换了他平常的低沉嗓音，用他习惯的妖精语咆哮道："你暂时甩掉了我们，精灵。干得漂亮。但是你这颗脑袋的赏金很高，而且叉头兽是不用睡觉的。"叉头兽尖叫着，挣着脖子上的皮带，"你不可能像脱衣服一样轻易摆脱你身上那股精灵的汗味儿。"

一共有十五个妖精——他们身强体壮，满脸讥笑，显然很擅长打斗。光是拉住狂躁的叉头兽就需要八个妖精。另外几个在为杀戮做准备。

里奇巴·杜勃从一个侍从手里夺过一根带尖刺的巨型

狼牙棒。

"你现在就要杀了他，是吗？"里奇巴的一个随从说。

"我有一笔关乎荣誉的债要清算。"里奇巴对斯普吉解释说，"而且，当我把你的首级带回去交给高赫时，还能得到一堆亮闪闪的金子。"

斯普吉踉踉跄跄地后退。"其实，"他说，"如果你把我活着带回去，能拿到更多的钱。我有很多……很多的秘密可以告诉高赫。关于精灵王国的秘密。还有净手团。你知道净手团吗？那绝对是最高机密，但我什么都知道。"

"你真令人恶心。"里奇巴说，"为了保住自己的小命，不惜出卖自己的国家。"

这激怒了斯普吉。"其实，"他厉声说，"我本来是想欺骗你们的。"

杜勃举起手里的狼牙棒。"现在没时间废话了。"他说。

他准备把精灵打成肉酱。

就在这时，灌木丛中传来一阵响动，威菲尔出现了——"住手，杜勃，你这个浑蛋！"——他单腿跳着，想解开被灌木丛缠住的床单。他大义凛然地挡在里奇巴·杜勃和斯普吉之间。

"里奇巴·杜勃！我，档案管理员威菲尔，曾为恐怖的护国君高赫陛下效力，目前是布朗万·斯普吉的东道主和保护人。他是我家里的客人。"

"你的家已经被烧为平地，他们正在废墟上建造一座公共厕所。"里奇巴告诉他，"你成了一个无家可归、没有皮肤的人。"

听到这个消息，威菲尔脸色煞白。但他还是强忍着悲痛说道："我不相信你。不过，那也没关系！家不仅仅是一个地方！它同时也是款待客人的姿态，是一份保护客人的约定，不管客人是谁！"他噔噔地冲上前，拖着一大根被床单裹挟着的杜鹃花枝，"当我同意把精灵使者兼学者布朗万·斯普吉迎进我的家门时，就发誓要用生命保护他。你不能把他带走，先生，你不能碰他的一根头发，甚至他尖耳朵上的一根毫毛，先生——你不能向他举起你的武器——除非你先把我杀死。"

里奇巴耸了耸肩。"好吧。"他说。

威菲尔叹了口气。他不喜欢接下来发生的事。

"里奇巴·杜勃。"他说，"我要跟你决斗，你这个懦弱、胆小、满脸伤疤的亡命徒。你的吹牛是虚张声势，你的胡子里透着猥琐。好了，礼节性的侮辱到此为止。现在你站着别动，我要在你的两腿间踢一脚。"

威菲尔看不见斯普吉——斯普吉在他身后。他只能看见杜勃，杜勃像狼一样龇着牙。威菲尔站在那里，披着那条愚蠢的、印着小娃娃的床单，准备为了那个讨厌的精灵赴死——自己曾冒着巨大风险救过他。而他要与之决斗的这位贵族，在其他情况下可能会是一个强大的盟友，他多么希望自己的生命不要以这种方式结束啊。他知道他必须做出正确的行动，但心里并不高兴。

他的额头上汗水纵横。他多么想活到老年，写一本关于古往今来精灵与妖精关系的书。他多么想和咔咔贝一起在屋顶上玩游戏，故意讨嫌地冲邻居大声嚷嚷"哈喽"。他多么想就着烛光看书，外面雪花飘落，咔咔贝趴在他的膝头打呼噜。也许他甚至还渴望，有朝一日再次坠入爱河。他活着的唯一机会竟然就这样愚蠢地结束了，这似乎太不公平。

里奇巴·杜勃宣布："我接受曾经的档案管理员威菲尔的挑战，他背叛了自己的人民，与精灵为友，给敌人当替罪羊。"

威菲尔在片状和螺旋状的碎玻璃间小心翼翼地穿行，里奇巴身着盔甲，铿锵作响地走在后面，其他人也都跟了过来。

咔咔贝呜呜咽咽地想要跟着威菲尔。

"不，小姑娘。"威菲尔说，挠了挠她晃动的脑袋，"你留在后面。"他凑上去吻了吻她。

其他的妖精哄然大笑，模仿着亲嘴的声音。

威菲尔没有在意，"你一直是一个好姑娘。"他对忠心耿耿的鱼头精说，"一个呱呱叫的好姑娘。"他深深地凝视着她那双充满爱意的黑眼睛。

说完，他离开了她，去面对那个恶霸贵族以及他的团伙。

两个妖精站在破碎玻璃塔的底部附近。阳光照在锋利的碎玻璃边缘，闪闪发光，就好像空气是金子做的。他们的一边是邦克鲁尔山，另一边是精灵王国温暖的低地。

“你用什么武器？”里奇巴说。

“我先申明一下。”威菲尔说，“如果我打败了你，你的朋友和随从都无权追杀我和我的客人。你的血可以清偿一切关乎荣誉的债务。”

他说完这番话之后，众人哄堂大笑，他感到很不是滋味。显然，里奇巴的朋友们都认为威菲尔很快就会死去。

“当然。”里奇巴回答，“你没有武器，是吗？”

威菲尔郁闷地说：“没有，阁下。”

“但是我有。”一个带精灵口音的挑衅声音说。

布朗万·斯普吉导师站在那里，一脸平静的愤怒。他手里拿着一根折断的玻璃柱，锋利的尖头很可怕。

“这位可敬的妖精，”斯普吉指着威菲尔说道，“替我承担了所有的辱骂。为了我，他失去了他的家、他的朋友、他的生计和他的生命。他甚至都不喜欢我。他这样做，只是因为他面对侮辱时心存善意，即使遭遇背叛也能保持体面。他是我见过的最优秀的人。我不能让档案管理员威菲尔因为我的错误而死。里奇巴·杜勃，你的身高可能是他的两倍，但你的人格不及他的一半。所以，先生——你这个恃强凌弱的懦夫——此时此刻我要向你发出挑战，我要与你战斗到底。”

里奇巴翻了翻眼睛：“你们俩随便哪个都行，我不在乎。谁想送死，就只管上前来吧。”

两位学者气呼呼地瞪着对方，同时向前跨出一步。

"让我去。"斯普吉说，"你所做的一切只是为了保护我不犯错误。"

说着，他就像举起长矛一样，举起那根玻璃柱冲了过去。

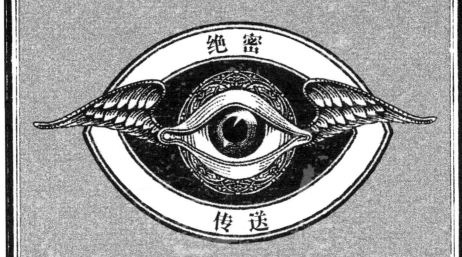

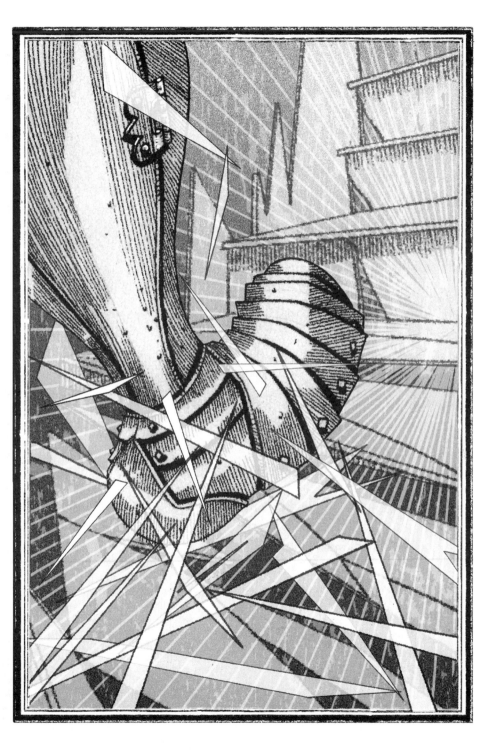

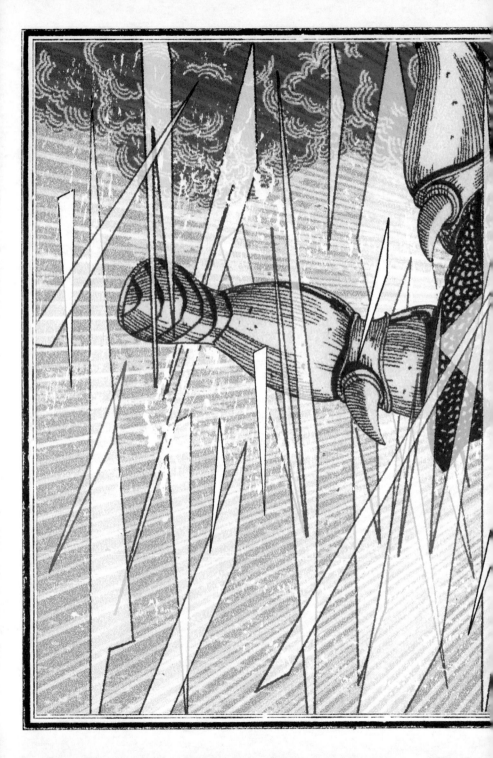

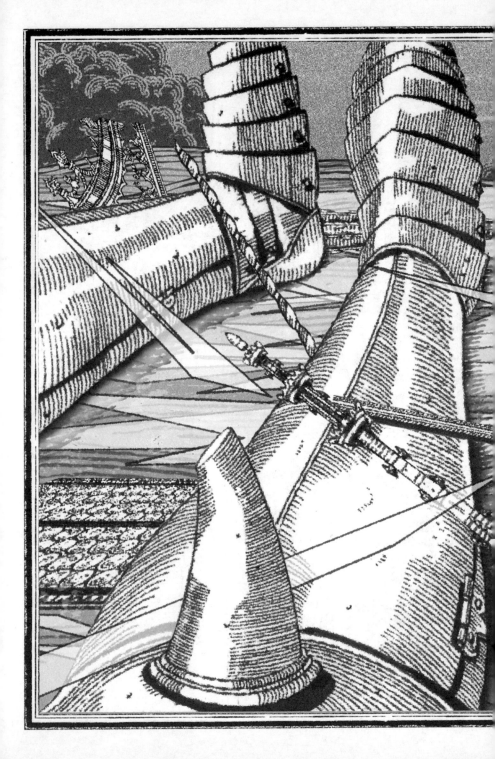

第56章

档案管理员威菲尔和布朗万·斯普吉导师蹲在玻璃塔上方的岩石上，藏在雪松丛中，等待着接下来发生的事情。

几个小时前，他们亲眼看见里奇巴·杜勃的几个随从用担架抬走了他们的首领。他摔的那一跤险些丧命。

"如果他们回来找我们，"斯普吉说，"我们已经不见了。从空中飞走了。"

威菲尔双手抱着腿，靠在雪松树粗糙的树皮上。

"你跟我一起走吗？"斯普吉说。

威菲尔压低了声音说："如果你离开，斯普吉导师，我会想你的，但是我不确定我将来会在精灵王国。"

"你仍然认为我自己的国家会抛弃我。"斯普吉有点苦涩地说，"你认定我的精灵国王不会来搭救他忠诚的仆人。这个仆人曾为他甘冒生命危险，而且亲眼看到了妖精城市的奥秘。"

威菲尔不想伤害客人的感情，他只是说："我会想你的，布朗万·斯普吉。"

斯普吉露出了一丝笑意。他说："我也会想你的，档案管理员威菲尔。"

他们注视着太阳在精灵王国的山丘后面沉落。夕阳把那个富饶的王国染成了金黄色和古铜色。斯普吉把旗子紧紧地裹在身上取暖。

"我又能见到我亲爱的年迈的父母了。"他说，"我的父亲是一个贫穷的书记员，我的母亲尤菲比娅是王宫里的一个针线女工。她为宫女们缝衣服。有一次，她还为精灵国王的宴会桌缝制了长方桌巾。"

"我相信你的家人都非常想念你。"

"现在我要回去告诉我的那些精灵同胞，一个小职员和一个针线女工的孩子，也可以像王国里赫赫有名的骑士一样善良勇敢。"他点了点头，"我要告诉每一个人。告诉所有了不起的大人物。告诉那些在学校里欺负我的男孩子。"

"他们叫你野草。"

斯普吉显得有点尴尬："我不应该告诉你的。不过，是的，他们就是这么叫我的。伊索莱特·克莱夫斯勋爵，现在是国王陛下的头号间谍——他曾经是最恶毒的一个。那时候我对他怕得要死，敢怒不敢言。现在我要让他看到，我跟他是平等的。我和他一样都是精灵。"

威菲尔轻声说："你别指望他会注意到。"

"你没有见识过精灵贵族的那份美丽、智慧和优雅。"

"雪在最冷的时候最明亮。"

"骑手们随时都会来接我，"斯普吉说，"光线变暗了，我们看不见他们。"

星星在两人的头顶上升起，在天空中摇曳。

没有人来接布朗万·斯普吉。

间谍组织首脑伊索莱特·克莱夫斯

净手团

致精灵王国的国王陛下

陛下：

当您收到这封信的时候，我已经骑上狮鹫，飞出去与您和军队会合了。

我们费了很长时间，终于为高赫挑选了一份礼物。我们选中的是一把古老的宝剑，锈迹斑斑，看上去很有分量。上面雕刻着精美的绳结和藤蔓。我相信可以把它充作一件魔法宝器。

我们和妖精达成了如下协议：您跟高赫见面时，双方只能各带两名随从，以杜绝任何阴谋欺诈。谈判时，双方军队必须保持距离。我建议您带上您的皇家卫士和我。

　　说到您的皇家卫士，不知您能否跟他谈谈。我知道陛下还在因为我搞砸了计划而生我的气，但是我从心底里认为，我每犯一个错误您就让卫士剁掉我的一根手指，这是不公平的。所以他今天早上过来要求我把手张开时，我明确地让他知道我对这种做法很不满意，我一根手指也不欠他的。

　　因此，我随信附上我的大拇指。

　　其他新闻：野草继续发送他在妖精王国各种尝试的无用消息。他最近发给我的完全是一派胡思乱想，他跟一个妖精骑士正面交锋，最后竟然赢了。我认为那个倒霉蛋只是想博得我的同情。他从小就是个可怜的受气包，显然这些年一直没有改变。他似乎认为我们要过去接他。被困在死亡之地对他来说确实比较悲惨，但我们也爱莫能助。他在做什么美梦呢？如果我能回应他，我就会说："别再哭哭啼啼了，赶紧去死吧。"我希望他别再让我的良心感到不安。

　　这封信写得很短，因为以我目前的状况，写字十分困难。

您卑微的仆人

间谍组织首脑伊索莱特·克莱夫斯

卢内斯勋爵

净手团

第58章

月亮在两位学者的头顶上空升起。柔和的月光照着精灵王国的小村庄，也照着山上的妖精哨所，整个世界似乎一派祥和。

"档案管理员威菲尔？"精灵说。

"怎么了，斯普吉导师？"

"我真的很抱歉。我从心底里为我对你做的一切感到抱歉。"

"我知道，尊敬的客人。"

在月光的映照下，破碎的玻璃塔闪烁着水晶般的光泽。

斯普吉说："你从来没有接受过我的道歉。"

威菲尔笑了："布朗万·斯普吉导师，我郑重接受你的道歉。"他伸出一只长满疣子的手。

斯普吉也伸出了自己的手。

在两个王国之间的山顶上，在他们共有的同一个月亮下，精灵和妖精握了握手。

然后他们又等了一会儿。

斯普吉解释说："我只想在离开之前把这些话说出来。"

威菲尔没有回答。

斯普吉挠了挠被毒藤刺痒的地方。

后来，月亮落下去了。

没有人来。

第59章

威菲尔醒来了。他猜不出时间,因为咔咔贝贴着他的脸睡着了,触须紧紧地巴在他的眼睛、鼻子和嘴巴上。他不顾咔咔贝的抗议,把她撕扯开,然后呸呸地吐着唾沫,使劲地擦嘴。

"贝贝!贝贝!你这讨厌的害人精。"他说,"恶心!"

他正要友好地叫一声"早上好",却突然注意到在树林里不远的地方,斯普吉正坐在松针上哭泣。

"怎么了?"他走到学者身边说。

斯普吉摇了摇头。

威菲尔说："他们夜里没有来。"

斯普吉又摇了摇头。

"斯普吉导师，我很抱歉。"

"你提醒过我。"

"但我希望他们会来。"

"他们仍然认为我只是一根野草。只能拔出来扔掉。要从花圃里连根拔起。"

"那些权贵和富人不可信。"

"我还以为我能发挥作用。"斯普吉哭着说，"我还以为我能变得跟以前不同。我还以为我能成为他们中的一员。"

"你确实发挥了作用。"威菲尔说，"但是富人们不会仅仅因为你对他们有用就奖励你。他们只会利用你。"

斯普吉在流鼻涕。"我做了什么？"他说，"我背叛了那个善待我的人，去帮助那些恐吓我的人。我甚至连背叛也不擅长。每个人的每件事都被我搞砸了。现在我成了孤家寡人，跑得浑身酸痛，踩在玻璃上血流不止，还被毒藤刺伤……而且我饿了。饿极了。"

他抽抽搭搭，脸皱成了一团。

"我到昨天经过的一个小村庄去一趟。"威菲尔主动说道，"给我们俩搞点吃的回来。"

"你的心肠真是太好了。档案管理员威菲尔。"

"我不是心肠好。"威菲尔解释道，"一看到别人哭，我就不知所措。"

他用一根拐杖戳着地面，沿着前一天的路线返回森林。咔咔贝跟了过去。他们来到一个定居点，那里有几所妖精房子，还有一座矮矮的岗哨塔俯瞰着精灵王国。威菲尔出现在了岗哨塔门口。

"哦，行行好，行行好吧！"他恳求道："你们有活儿给一个可怜的妖精干吗？他失去了一切，正在四处流浪。"

为了换取两片鹿肉泡菜冻，他码了一上午的木柴。他饿得胃里直犯恶心。与此同时，咔咔贝和卫兵们玩起了游戏，卫兵们向她扔小面包球，她在他们头顶上轻盈地飞过。

吃午饭的时间快到了，威菲尔干完了活儿，军需官拿来两片黏糊糊的鹿肉泡菜冻，往他每只手里各丢了一片。托着这两片肉冻走路很费劲，于是他吃了一片，吃完后还饿得把手掌舔得干干净净。

他走回玻璃塔，想把另一片肉冻交给情绪低落的斯普吉。

可是当他回到藏身的岩壁时，却发现斯普吉不见了。

他环顾四周。咔咔贝在树丛间躲闪着，叽叽喳喳地叫。

"他们肯定不可能来过……？"威菲尔嘟囔着。接着他担心斯普吉出了意外。也许是杜勃的那些同伙回来了。

威菲尔焦急地从空地的一头跑向另一头，大声喊着斯普吉的名字。

在这一切的背后，他隐隐担心是精灵骑士过来接走了他的朋友——而斯普吉甚至懒得跟他说一声再见。

他跑过玻璃废墟，对着大山和河谷高喊"斯普吉导师"，回答他的只有自己的回声。

威菲尔停下来喘气，眼里几乎涌出了泪水。鹿肉泡菜冻在手掌里开始融化。

接着，他仿佛听到远处传来斯普吉的声音，正在呼唤他的名字。

威菲尔走向那块岩壁。他放眼朝精灵王国望去。

他大吃一惊。一支浩浩荡荡的军队正在行进。

这次是一支精灵大队。他们的丝绸旗子在微风中飘扬。他们的号兵在吹响号角，威菲尔虽然在高处，也能听到他们悠扬的旋律。狮鹫在空中飞来飞去，呱呱叫着，骑士们坐在它们背上，手里挥舞着标枪、长矛和弓箭。

只见布朗万·斯普吉正从山腰上往下冲，两条瘦骨嶙峋的胳膊挥舞着，那面旗子像斗篷一样系在他的脖子上。

斯普吉暂时停下脚步，回头看了看上面的威菲尔，用微弱的声音喊道："档案管理员！是精灵军队！他们来了！"然后他继续从一块石头跳到另一块石头，往山坡下冲。

"快躲开他们！"威菲尔喊道。然后他对咔咔贝说："哦，天哪！"

他沿着小路下去追布朗万·斯普吉，跌跌撞撞地从一块石头跳到另一块石头。

他们三个在黑黢黢的冷杉和云杉林里跳跃着穿行。

手里托着一片鹿肉泡菜冻蹦蹦跳跳地走，实在是太费劲了，威菲尔觉得最好还是把它吃掉。真好吃啊。

他边跑边把手举起来，让咔咔贝落下来舔掉他手上的肉汁。

到了山下，他们穿过橡树林和枫树林。斯普吉冲在最前面。大约十分钟后，威菲尔也跟了上来，上气不接下气地拖着身上的床单。咔咔贝在他头上吱吱叫。

然而，他来晚了。

威菲尔跑到山脚下时，斯普吉已经在兴高采烈地跟他国家的军队打招呼了。他用嘹亮的声音喊道："精灵朋友们，你们好啊！"完全忘记了自己脖子上系着一面敌人的旗子——高赫的标志。

威菲尔呢？威菲尔是一个妖精！

盔甲上带翅膀的骑士从周围跳了出来。他们用矛尖对准两人。

咔咔贝尖叫着冲向骑士。

"不，贝贝！"威菲尔惊叫道——但是已经迟了。

一名卫兵挥起手里的剑，用剑背击中了咔咔贝。威菲尔听到了嘎吱一声。咔咔贝打着转儿从他们头顶跌落，摔在了地上。她躺在那里抽搐，骑士们拖走了两个俘虏。

"贝贝！贝贝！"因为愤怒和痛苦，威菲尔几乎窒息。

然而他看不见咔咔贝了，他已经被密密麻麻的武器包围。

他和斯普吉惊愕万分，被拖向了精灵国王的营地。

第60章

精灵营地里一派繁忙的景象。士兵们在一排排白色的帆布帐篷间来回奔波。马匹被那些狮鹫吓坏了。侍童在贵族们色彩绚丽的丝绸亭子间跑来跑去，传递消息。

在净手团的一间灰色帐篷里，斯普吉和威菲尔瘫坐在一个金属笼中，等待着对他们命运的宣判。

威菲尔忍不住为咔咔贝担心，小咔咔贝，贝贝。他的小贝贝。那个可怜又讨嫌的小姑娘。他用手捻着自己的胡子。

这时，一个欢快的声音说道："你好啊，野草，我的老伙计。"一位精灵贵族大步流星地走进灰色帐篷，身上穿的是昂贵的锦缎长袍。他脖子上挂着一枚大奖章：净手团的标志。奇怪的是，威菲尔注意到，此人的右手上缠着带血的纱布。

来人说道："没错，野草，是我。"贵族向威菲尔介绍自己："伊索莱特·克莱夫斯勋爵，国王情报部门的负责人。"他透过铁栏的缝隙向威菲尔伸出左手。威菲尔困惑地盯着它。"握手啊，你这傻瓜。不是让你咬的。"他厌恶地摇了摇头，"妖精……"

两名卫兵搬来一把椅子，让克莱夫斯坐在上面。间谍头子靠在椅背上，跷起二郎腿，饶有兴味地看着他的两个俘虏。

"二位看上去都有点不开心啊，我的朋友。打起精神来吧，没必要担心会发生什么事。"

"是吗？"斯普吉说。

"那是当然的，野草。大不了掉脑袋呗。判决：斩首处死。"他微微一笑，"这下你肯定放心了吧。卢西安，能给我一块巧克力吗？我喜欢焦糖夹心的。"

他嚼着巧克力说道："现在我们的时间不多了，因为想尽快把你处死。原因很复杂。我不想在这种时候让你感到厌烦。你没有多少时间听我说话，而且我希望你能充分利用宝贵的每分每秒，想想你妈妈做的饭，或想想六月夏日的美景。

"所以，我想问你几个问题。一般情况下，我们这时候会采用严刑拷打，但今天的时间实在不够用。野草，你是被派来当间谍的。现在你有机会把你探听到的情报告诉我们。如果情报有用，我可以饶你一命。黎明时分，我们敬爱的精灵国王——愿他永远统治我们——将在附近一处田野与邪恶之王高赫相见。根据谈判的进展，双方军队可能会冲向对方，进行为期几天的野蛮杀戮。我们希望自己能赢。

"你有什么线索吗，野草？有什么我们应该知道的情报吗？"

"你能不能……能不能也饶这个妖精一命？"

"不行，绝不能放过这个妖精。必须处死。砍掉脑袋。但是我们会注意到这点：你已经跟妖精成为朋友，并把一个妖精的生命置于自己国家的需要之上。"

斯普吉垂下了头。"你想知道什么？"他轻声问道。

"想知道的事情太多了。高赫的军队里有多少士兵。闪电井是怎么运作的。攻占特尼比昂城的最佳路径是什么。你脖子上为什么挂着敌方的旗子。包括这个可恶的妖精到底是谁。"

他（用那只健全的手）打了个响指，一个戴黑色兜帽的特工拿出一大摞图像。伊索莱特·克莱夫斯翻了翻，抽出几张给两名囚犯看："这些是你传到我们设备上的图像。看看吧。"

斯普吉看了看，顿时感到羞愧难当。

威菲尔也困惑地看了看。这些难道就是斯普吉发回祖国的图像？简直面目全非。他的那些美好的邻居——看上去都像怪物一样面目可憎。一个个满脸奸笑，像饿鬼一般。那些可爱的小童子军都成了野蛮的小杀手。不知什么原因，花车游行中的女人都被砍掉了头。还有人从楼上的窗户往外扔骨头——很可能是火鸡尸体或火腿骨。那些房屋看上去也不太像妖精的建筑。所有的一切都不是真实的样子。还有……那个难道是他吗？

"你传来了你的妖精向导的画像，"伊索莱特·克莱夫斯说，"但这显然不是他。在你的画像上，他个子比你高。而这只小蛤蟆比你矮，看上去连一只苍蝇都弄不死。但他们的胡子是一样的。那么……如果他不是你的向导，他又是谁呢？如果他是你的向导，你发送的图像中还存在着哪些错误？"

威菲尔看着斯普吉。他不敢相信斯普吉不久之前竟然把他想象成那样，龇牙咧嘴，面目狰狞。威菲尔费尽心思只是想让斯普吉住得愉快、过得充实，他向这位使者敞开了他的家门、他的城市和他的心扉，不料却被描绘成了一个讽刺漫画人物，一个愚蠢的、面相冷酷的小丑。他所热爱的一切，他向来访的精灵展示的一切，都变成了一组怪诞的漫画，一部血腥的暴力喜剧。

这就是自己即将因他而死的精灵。

其实，他早就知道斯普吉是这么看他的。然而，看到面前这些用黑墨水画的赤裸裸的图像，他还是感到很扎心。

"野草？"慵懒的间谍头子厉声说道，"怎么样啊？是活命还是死？"

于是，布朗万·斯普吉导师，这个不成功的刺客，把胳膊肘支在瘦骨嶙峋的膝盖上，身体前倾，开始了他的全盘招供。

第61章

01

“**我**交代。”斯普吉说，“他当然不是那个可恶的向导。他是威菲尔，是妖精抵抗运动的领袖。”

“什么抵抗运动？”

“是一个地下组织……从内部对抗邪恶之王高赫……所以我才把他带来见你……你们可以……跟他合作……”

“这是真的吗？”克莱夫斯问威菲尔，“你是妖精抵抗组织的头目？”

威菲尔点点头。然后他认为应该做出一些英勇抵抗的姿态，就举起拳头表示抗议，喊道：“暴君去死。”

"啊。"克莱夫斯说，"作为妖精抵抗运动的领袖，这个家伙看起来矮胖了一点。"

"可是他很凶猛的。"斯普吉说，"他旋转着手里的刀……把整整一群……妖精卫兵……打得溃不成军。他杀人不眨眼……是不是？专门杀……坏人。"

威菲尔附和道："我手下有好几千人，只要我一声令下，他们就会奋起反抗。"

"你们的组织是想把邪恶大王高赫赶下台吗？"

"大多数妖精都有这个想法。"威菲尔回答，这倒不是假话。

"并且接受精灵国王做你们的统治者和主人？"

"只要他愿意帮助我们。"威菲尔完全言不由衷地说。

"那么——告诉我，你们两个。告诉我闪电井的秘密吧。"克莱夫斯翻了翻那些图像，找到画着奇怪的水晶尖塔的那张，"这些草图并不能说明问题。"

斯普吉回答："闪电井是妖精大部分魔法力量的来源。它是高赫带过来的。"

"明白，但它是怎么起作用的呢？嗯？如果你想走，就老老实实地交代。"

"大人，说起来很复杂……"

"你其实并不知道，对吗？你只是在忽悠我。"

"哦，没有！那口井……不简单。它依靠一个……波特曼螺旋结构。通过……使用……弗伦叶片……来运作。"

"经过硬化的弗伦叶片。"威菲尔附和道。

"来人，把这个记下来。"克莱夫斯说，"我一个字也听不懂。你可能还记得，野草，在学习魔法方面我脑子转得不是很灵光。"

"是啊，大人。在那些课上，你大部分时间都在放火烧我。"

"啊，是的。但你现在不是还活得好好的吗。嗯，暂时还好。没受伤，没变坏，野草。继续说。"

"它就是这样产生能量的。通过……那个磁性圣杯……和旋转百叶窗……之间的张力。"然后他情急之下说道，"威菲尔知道得比我清楚！他是个真正的妖精！"

威菲尔同时也是个更高明的骗子："是的，斯普吉同志。谢谢你！你可以在艾乐林的《论脉冲刺激》一书中读到关于波特曼螺旋的基础科学，以及原始火花螺旋的基本原理。只要你把我们送到一家有这本书的图书馆，我们就可以让你看到——"

"比艾乐林的作品更精彩的，"斯普吉打断了他的话，"是七面怪希利巴所著的《隐形世界的力量和能量》。"

"是的，当然，希利巴。但是我可敬的同行可能忘记了穆贝尔的那本《驾驭黑暗与光明》。说实在的，它远没有希利巴的书那么迷信。"

"嗯哼——但如果你已经把《万叶书》从头到尾读过一遍，就没必要再读这本书了。《万叶书》在妖精图书馆里可能找不到，但在精灵的高端藏书中肯定能找到。"

就这样，两位学者没完没了地掉书袋——有些是真的，大多数是杜撰的——书名一个接一个——最后，克莱夫斯看上去不知是感到无聊还是满意（很难判断）。

"你全都知道了。"威菲尔说，"闪电井的秘密。现在精灵可以自己造一个了。"

斯普吉说："大人，谢谢你给我解释的机会。恐怕我传送的那些蹩脚的图像无法表达出制造能量的全部复杂过程。"

"我们还有很多东西可以告诉你。"威菲尔说，"你可以了解的东西太多了。关于直通特尼比昂城中心的地下河，还有我们妖精用来变身为蝙蝠的咒语。"

"还有妖精乘着穿越沙漠的巨人之手。"斯普吉补充道，"太多了。但能不能让我们先吃一个三明治呢？"

伊索莱特·克莱夫斯站起身。他掸了掸价值不菲的锦缎长袍。

"不行。"他说，"你们两个都得死。"

斯普吉喊道："可是我们帮助了你！"

"没错。你们所知道的都已记下来了。我们日后会在你们刚才告诉我的那些书里查一查。你现在已经没有用了，我的小野草。"他开始戴上手套，"还有一点要说明。我们计划在黎明前处决你。这样我们就能提着你的脑袋去见高赫了。我们可以向他证明你并不是我们的间谍。毕竟，我们是不会杀死自己的间谍的，对吗？"克莱夫斯微微鞠了一躬，

"还有那个妖精的脑袋。"

斯普吉语无伦次地说："你不能——为什么要杀妖精？求求你，大人。他是无辜的……不！妖精国王要一个妖精的脑袋有什么用呢？"

"你刚才告诉我，斯普吉导师，此人是妖精抵抗组织的首领。谢谢你把他交给我们。我们一直在发愁给邪恶之王高赫送一份什么有价值的礼物。本来想送给他一把破旧的宝剑。但是，有什么能比拿着他敌人的首级去开始谈判更合适的呢？"

斯普吉气得满脸通红，喊道："你，伊索莱特·克莱夫斯，你是个……"他把积攒多年的脏话一股脑儿骂了出来。他叫骂着，额头上青筋突起。

克莱夫斯只是站在那里听着，脸上带着淡淡的笑容。然后他若有所思地说："想想真是奇怪，小野草，这么多年前在学校里……如果有人对我们说我要处决你，并把你的头颅交给一位外国国王，那会是怎么样呢？我们肯定不会相信。"

斯普吉低声说："我会相信的，克莱夫斯。"

克莱夫斯撇了撇嘴："我不相信的是你的这颗脑袋竟然具有国际意义。谁能预料得到呢？"

说完，间谍头子伊索莱特·克莱夫斯就离开了帐篷。

两位学者完全吓呆了，等待着黎明时分死亡的来临。

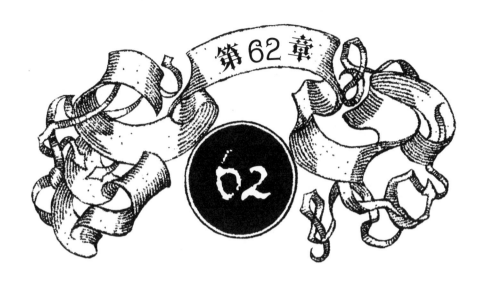

第62章

在那个夜晚的黑暗中，威菲尔和布朗万·斯普吉一心想着死亡。两人孤零零地坐在笼子里，周围没有一丝亮光。

他们睡不着觉，因为这是他们活着的最后一个夜晚。他们想要再看看世界，尽管只能看到帆布帐篷透出的微弱灯光闪烁着淡黄色的暖意。他们想要再听听声音，尽管只能听到盔甲的叮当声和蟋蟀在广阔的精灵田野里的歌唱声。他们想尽可能地采集些生命力。

大约凌晨两三点的时候，威菲尔说："我们出不去了，是吗？"

"我一直在制订计划，但我们是被关在一个金属笼子里，整个帐篷里都是净手团的特工。我想我们是逃不出去的。"

"你当时想到骑着那块锈盾牌逃离食人魔，真是奇思妙想啊。你那天救了我们俩的命。"

"你救过我很多次，档案管理员。"

"我们经历了一些冒险……"威菲尔忧伤地笑着说，"火风暴……强盗……我仍然不敢相信你竟然凭一己之力打败了里奇巴·杜勃。你把他骗进那座破碎的玻璃塔，真是太机智了。"

"可话说回来——是我一开始愚蠢地侮辱了他。"

"是啊，那确实有点愚蠢。"

"遗憾的是，我们乘着金属球穿越城市的时候太吓人了。真希望能再来这么一次，为了好玩儿。"斯普吉憧憬着，"这也许可以成为一个运动项目……两个金属球滚动着互相碰撞……还有球门柱……"

"那应该很有趣。"

"只要活着，所有的事情都有可能。可是我害得我们俩被困在了这里。"

"对，都怪你。"

"是我判了我们俩死刑。"

"没错。确实如此。"

"档案管理员威菲尔，我永远表达不尽我对你的歉意。"

威菲尔苦苦思索了很久。他在心里权衡着什么。最后他拿定了主意，说道："斯普吉导师，我曾经的尊敬的客人，请允许我说一句：你是个白痴。一个彻头彻尾的大白痴。"

斯普吉大为恼怒，深深吸了口气："嘿，慢着。我……"

他突然明白了威菲尔这句话的意思。

斯普吉觉得喉头哽住了。他说："档案管理员，你刚才是不是骂我……？"

"是的，布朗万·斯普吉。不再是'珍贵的'。不再是'尊贵的客人'。你是我见过的最大的白痴。"

斯普吉一把抓住威菲尔的手摇了摇。他虽然被囚禁在牢笼里，但似乎内心的一个牢笼被猛地冲开了。有人关心着他。尽管发生了这么多事，仍然有一个人是在意他的。"哦，谢谢你。"他说，感激的泪水顺着脸颊流淌下来，"谢谢你，我丑陋的、奇形怪状的、癞蛤蟆一样的朋友。"

威菲尔拍了拍斯普吉的手，深情地说："别碰我，你这个湿叽叽、满身臭汗的书呆子。"

"你也别碰我，你这个矮胖的、脏兮兮的讨厌鬼！你的衣服滑稽可笑，你的胡子里全是小树枝。"

"哦，"威菲尔扑打着双臂说，"想想吧，我竟然披着这条印着小娃娃的愚蠢床单去赴死！"

"白痴！"

"呆瓜！"

他们流着泪大笑。

就这样，当刽子手掀开帐篷的门帘，宣布执行死刑时，两人都感觉没那么难过，也没那么孤单了。刽子手要带他们去刑场，然后把他们血淋淋的头颅交给妖精国王高赫。

死亡的时刻到了。

第63章

净手团的刽子手打开笼子。"好了。"他说，
"上路吧。我们会砍得很利索。"

两位学者僵硬地站起来，低头走出了笼门。

刽子手举着长矛往后退，防止两个人中有人逃跑。

他没有注意到那个跟着他飞进来的小身影。

咔咔贝。

鱼头精隐藏在帐篷的阴影里，直到看见威菲尔出了笼门。

然后她猛地冲上前，愤怒地死死掐住刽子手戴着头巾
的脸。刽子手喘不过气来，用手去抓她。先用一只手，再用

两只手。

斯普吉冲过去一把抓住掉落的长矛。

刽子手跌跌撞撞地跪下来，在自己的脸上撕扯。

咔咔贝飞走了——斯普吉用长矛猛击刽子手的头部。那人瘫倒在地。

斯普吉换上刽子手的锁子甲外衣和黑头巾。他和威菲尔摸索着解下那人的宽腰带，把它绑在斯普吉骨瘦如柴的腰间。他们把兜帽拉下来遮住斯普吉的脸。

然后他们走出了帐篷，伪装成刽子手的斯普吉押着威菲尔，用长矛抵着他的脖子。

净手团的特工没有提出异议。他们知道两个囚犯要被处死。

在空旷寂寥的凌晨时分，营地显得阴森森的。天色很黑，各种声音模糊不清。巨大的铁筐里装着燃烧的木头，照亮一排排白色的帐篷。侍从们半睡半醒地坐在狮鹫战骑旁边，保证它们吃饱肚子，养精蓄锐。帐篷里传出骑士和步兵们的鼾声。公爵和伯爵帐篷前的草地上铺着华丽的地毯，他们的盾牌都挂起来展示。

"看！"斯普吉低声说。他指着练兵场的那头。

在一个五彩缤纷的丝绸亭子里，十五个仆人正在给精灵国王穿衣打扮，为这次会面做准备。国王伸直双臂站在那里，仆人们给他穿上貂皮、丝绒、亚麻布、锦缎和金丝布衣服。两名梳着银辫的侍女手捧王冠。

两位学者惊奇地瞪大了眼睛。

卫兵们朝这边看了过来。两人又赶紧出发了，穿过帐篷之间的通道，经过精灵贵族们的尖顶帐篷。

神不知鬼不觉地，他们已经来到营地边缘。然后，在帐篷融入黑暗的地方，他们遇到了挑战。

"是谁？"一个卫兵说。他的灯笼照亮了他们的脸，"一个妖精？你怎么——"

斯普吉惊慌失措，胡乱地挥舞长矛。卫兵举起手里的剑。两人短兵相接。斯普吉不知道自己在做什么。

另一名卫兵听到声音，跑了过来。"怎么回事？"看到两个精灵在打架，他问。

斯普吉脱口说道："这个卫兵是冒牌货！快帮我抓住他！"

这个花招只为他们争取到一秒钟。新来的卫兵想弄清到底是怎么回事，在头盔下睁大了眼睛——威菲尔正好抓住这一秒钟，从侧面跳到他身上。两人倒了下去。威菲尔抓起那人的武器，用手捂住了他的嘴。

"我为这种无礼行为致以深深的歉意。"威菲尔说着，跪在那位新来的卫兵胸前。

另一个卫兵想尖叫求救，但咔咔贝一下子拍在他脸上，他顿时就被呛住了。他举起戴手套的手，想躲开鱼头精，斯普吉抓住机会用皮带缠住了他的肚子。卫兵向后栽倒在地，喘不过气来。

他们堵住两名卫兵的嘴，用卫兵自己的斗篷把他们捆住，然后跑进了邦克鲁尔山脚下的荒野。在巍峨起伏的山峰之上，天空变成了绿色。

他们逃出了精灵营地。

天快要亮了。

间谍组织首脑伊索莱特·克莱夫斯

净手团

致精灵王国的国王陛下

陛下：

　　这封短信只想迅速告诉您，我马上就会陪您去跟邪恶大王谈判。您想必已经听说，计划有了一点小小的拖延，因为想弄到两名囚犯的首级交给高赫。净手团正在营地搜寻两名逃犯，大概一刻钟后我们就会拎着人头出现。

　　啊哈！您的皇家卫士来了——毫无疑问是要护送我去您的

身边。我就让他把这封短信带回去给您吧——

我明白了。皇家卫士的到来根本不是为了这个。陛下，我
知道您因为两名囚犯暂时逃跑而生气，但是我向您保证

陛下这真的是

陛下您知道我右手只剩下两根手指所以

陛下我真心觉得这不公平

您能否告诉您的

请给我几分钟然后

我就会陪在您身边

我必须提出最强烈的抗议

斯普吉、威菲尔和咔咔贝逃回了邦克鲁尔山。他们没有目标，也没有计划。他们只想在太阳升高之前离开精灵营地。

他们在灌木丛中艰难地行走。远处响起了号角声。

他们用偷来的长矛当拐杖，摸索着在巨石间穿行，威菲尔把眼镜调到最高放大倍数，回头眺望山坡下。

"发生了什么事？"斯普吉问。

威菲尔把放大镜递给朋友："精灵国王正从帐篷里走出来。似乎他们正在做好准备，让他去与高赫见面。"

斯普吉透过镜片眺望："是的。他骑上狮鹫了。他的传令官举着他的金伞……那个人是……克莱夫斯。哦，克莱夫斯。"

几分钟后，正在爬山的两位学者抬起头，看见三只狮鹫驮着国王一行人飞上了附近的一道山坡。白色的锦缎旗子在空中飘扬。天空渐渐亮了起来。

又过了二十分钟，两位学者来到另一个有利位置。他们俯视着下面的营地。所有的精灵骑士和士兵都出现了，他们排队做好准备，一旦见势不妙就开战。

威菲尔沿着山坡往上看。他的目光落在了一片长满青草的平坦的山顶。他看见有三只皇家狮鹫被绑在那里的木桩上，正在吃草。

"导师！"他压低声音说，"导师！国王和他的随从正在步行前进，打着礼宾遮阳伞……"

在山顶的另一边，高赫在徘徊等候，他的周围有一圈闪烁的光环。两个妖精陪伴在他左右。

精灵国王大步走向前。高赫动身去迎接他。

两位学者大气不敢出，把放大镜递过来递过去。

"我们正在见证历史。"斯普吉说，"要是能听到他们的谈判就好了！"

"发生了什么事，导师？"

两位国王面对面站着，相距大约四十英尺。接着，伊索莱特·克莱夫斯勋爵走上前，一名妖精部长从另一边迎了

过来。这是礼节性交换礼物的时候了。

斯普吉说："克莱夫斯……他递过去一件礼物。好像是一把宝剑。妖精在鞠躬。妖精接过了宝剑。他手里拿着一个盒子，里面是高赫送给精灵国王的礼物。他正在打开盒子……从里面拿出……"斯普吉尖叫起来。他把镜片塞给了威菲尔。

威菲尔一把抓过。

在黎明的第一道曙光中，妖精使者手里拿着的，正是斯普吉带到特尼比昂城的那枚宝石。

威菲尔咯咯地笑了起来："哎呀，精灵国王真是被当众打脸啊！高赫把你的礼物退了回去！哈！为了表示他的不满！这真是奇耻大辱！"

他们迫不及待想看到接下来会发生什么。

事情是这样的：伊索莱特·克莱夫斯似乎被吓傻了。一脸的惊恐万状。但那个妖精继续举着宝石向他走近。妖精鞠了一躬，把宝石递给早已吓得魂飞魄散的间谍首脑。

就这样，精灵的礼物被妖精王国还了回去。

第66章

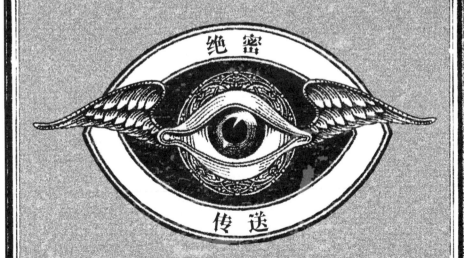

绝密

传送

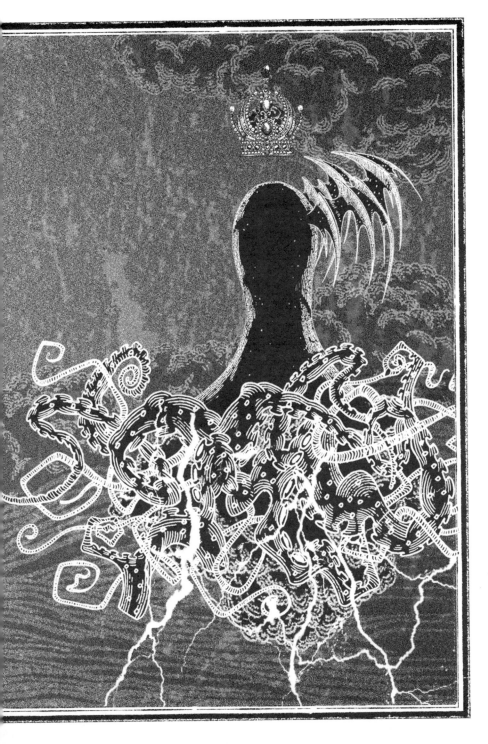

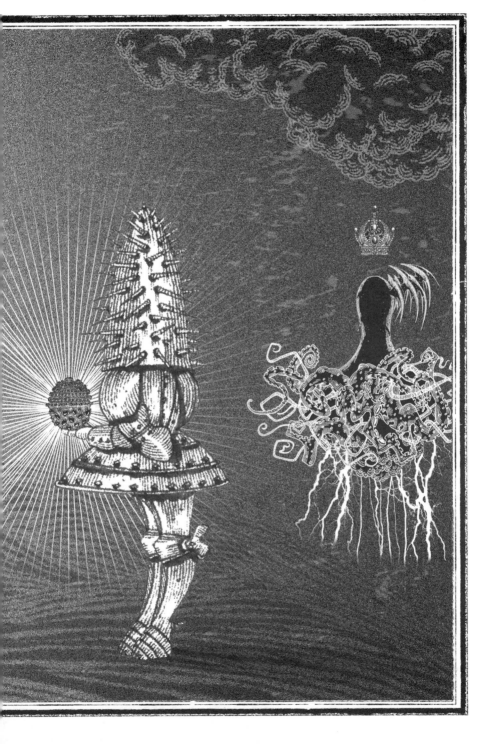

风在他们身边呼啸而过。他们紧紧抓住岩石。咔咔贝尖叫着被风刮走。斯普吉伸手抓住了她。两位学者低下头，抵抗着爆炸的冲击力。

这场爆炸在时间和空间上炸出了一个大洞，然后空气猛烈地灌进去，把石头、泥土和树木像箭一样射进那个空洞。虽然爆炸发生在两英里之外，但威菲尔担心它会继续吞噬世界，一公里接一公里，最后什么也不剩。他靠在大山的岩石上，紧紧地闭着眼睛。爆炸的强光仍然在他的眼皮上闪耀，呼啸的风声盖过了其他所有的声音——除了咔咔贝愤怒的尖叫，她抓着斯普吉的胸口，冲着周围的风暴发怒。

然后，世界的裂口合上了，就像刚才炸裂时一样迅速。

风渐渐平息。云也放慢了脚步。精灵和妖精再次抬起头来，只见两个国王相遇的那个山顶，此刻只剩下一个冒着烟的圆坑。

烟柱像泥浆一样浓厚。

"怎么回事？"威菲尔低声说。

"爆炸了。"斯普吉说。他吓得脸色煞白，"那颗宝石是一枚炸弹。他们欺骗了我。他们想让我在不知道的情况下，把一枚炸弹送到特尼比昂城。"

"精灵国王和护国君……全都完蛋了。"威菲尔敬畏地说，呆呆地望着袅袅旋转的浓烟，"我们两国的首领都消失了。"

"我必须进入催眠状态，发送图像。"

"咦？为什么，斯普吉？雇你的那些人都死了。"

"因为，档案管理员，我是一位历史学家。敦霍姆的精灵们需要知道这里到底发生了什么。你和我是唯一的两个证人，近距离见证了近一千年来最重要的政治事件。"

威菲尔想了想，同意了："你将创造历史。未来的学者会研究这些图像。"

"而且我必须修改已经发送的那些。但现在还顾不上这个。"

"是的。"威菲尔说，"很快，我们两国人民就会为这次爆炸开始互相指责了。"

"确实如此，档案管理员。然后就会开始流血。"威菲尔担忧地摇了摇头，"我们必须阻止这一切。"

"越快越好。"

威菲尔重重地坐在一块巨石上。"真是难以想象。"他说，"一千年前，你们的族人骑着狮鹫从西方飞来，征服了我们。你们的王室是由当时的军阀建立的，一直延续到今天早上。五百年前，护国君高赫从另一个世界来这里统治我们。今天，我们两国人民在过去一千年里所知道的一切都被抹去了。"

"过去没有被抹去，档案管理员。"斯普吉睿智地说，"但未来已经改变。"

"我们将在这里注视着。"威菲尔兴奋地说，"我们将会见证历史，我们将会书写历史。我们要尽我们的绵薄之力告诉人们：'关于我们两国的统治方式，这才是大家应该知道的。'"

"也许，一千年后，"斯普吉笑着说，"我们的书——上面署着我们俩名字的书——将会成为我们这样的傻瓜争辩的话题。"

"那就开始吧，斯普吉导师！"

"好的，档案管理员，只要你把嘴闭上！"

"你要发送什么图像？"

于是，两位学者怀着兴奋、焦虑、困惑和笃定的心

情，设计出了斯普吉将要传给净手团的图像。他们议论着精灵国王和他的礼宾伞，还有高赫尖尖的发送塔。他们还向对方描述了那块滚落的宝石。

到了中午，疑惑不解的巡逻队在大山上空盘旋。狮鹫骑士发现了狂躁的飞龙，弄不清它们是否在作战，于是就转身离去了。

在那些尖叫的狮鹫下面很远的地方，在一座山顶上，有一个矮小的妖精档案管理员和一只鱼头精在晒太阳，在他们旁边，一位精灵学者悬浮在野花的上方，周身迸射着能量的火星。他把布朗万·斯普吉刺杀未遂的最新消息，通过明媚的空气发送了出去。

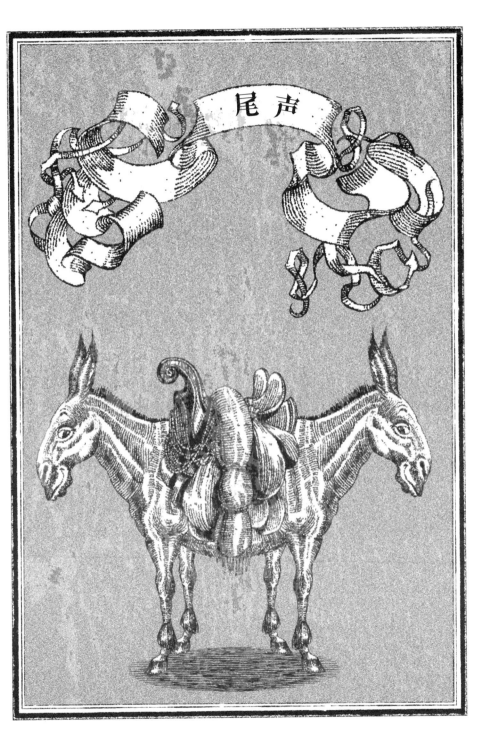

尾声

一个星期后，两位学者在邦克鲁尔山间骑行。他们骑的是双头驴，因为需要经常改变方向。

　　一切都很混乱。没有人知道是谁在统治精灵王国和妖精王国。在两个首都，人们对政府和未来高谈阔论。敦霍姆的许多精灵贵族声称，他们蓝色的血管里流淌着十五代之前的迪哥拉沃国王的血液，而其他人则试图毒死他们。在特尼比昂城，有一个妖精委员会想要决定民族的未来，同时还有许多别的团体在钩心斗角，争夺权力：战争党、和平党、东部淤泥党、山顶拓荒者党、人民党、王子党——都声称要把特尼比昂从灾难中拯救出来。

　　与此同时，斯普吉和威菲尔花了很多时间在两个国家之间往返，传递信息。他们是仅有的几个既会说精灵语又会说妖精语的人。更重要的是，无论走到哪里，他们都必须不断解释导致两位统治者灭亡的那一连串诡异的错误、失策和骗局。否则，精灵就会责怪妖精，妖精也会责怪精灵，族群战争就会再次打响。斯普吉和威菲尔已经厌倦了讲述这个故事。然而有些人很难被说服。很多人都希望有个假想敌让他们去仇恨，让他们去攻击。斯普吉和威菲尔所能做的，就是劝说他们各自的国家解决自身的问题，而不是出于愤怒和歇斯底里的恐惧去攻击别人。

"如果大家都能读一读档案管理员威菲尔新写的小册子《论繁荣与和平》就好了。"斯普吉说。

"或者读一读布朗万·斯普吉导师写的《精灵的前进道路》。"威菲尔说。

"不过，当然啦，"斯普吉说，"威菲尔的书很枯燥。"

"斯普吉的书最适合用来生火。"威菲尔说。

大山里弥漫着薄雾。咔咔贝栖在威菲尔的肩头，舔着自己的翅膀。

斯普吉一边骑驴一边挠着胳膊。"我好像对妖精过敏。"他说。

"我曾经好奇你是否对迎宾巧克力过敏。"

"我已经好几天痒个不停了。自从我睡在毒藤里之后。"

"我认为你并没有睡在毒藤里。"威菲尔提示道。

"我故弄玄虚的朋友是什么意思？"

威菲尔只是微笑。

斯普吉说："有话快说，威菲尔。到底怎么回事？"威菲尔答道，"我想，你体内的妖精成分要比你想象的多。"

"这是什么意思？"

"我们让双头驴停下来吧。"

他们停住了，从驴背上下来。然后威菲尔说："你注意到你的头皮在脱落吗？"

"更能让我注意到的是你身上的疣子、疖子和大鼻涕。"

"我不是在开玩笑，斯普吉。"

斯普吉不停地挠。挠啊挠。小片的皮肤脱落了。接着大块的皮肤也开始掉落。

"真奇怪。"斯普吉说。

"但是，对我无知的朋友来说，这是一个非常激动人心的时刻。"威菲尔说。斯普吉不停地抓挠自己的皮肤，威菲尔走到他们的食物篮旁，拿出一个鳗鱼泡菜馅饼和一瓶戈耳工尿脖红酒。他打开酒瓶，倒满了两杯。

还不到吃晚饭的时间，但是朋友们在一起——想要一起改变世界的朋友——有了新的开始总是要庆祝一番的。

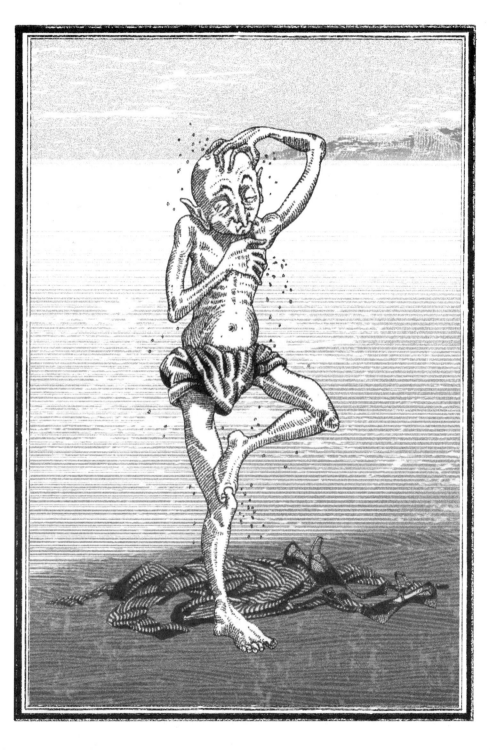

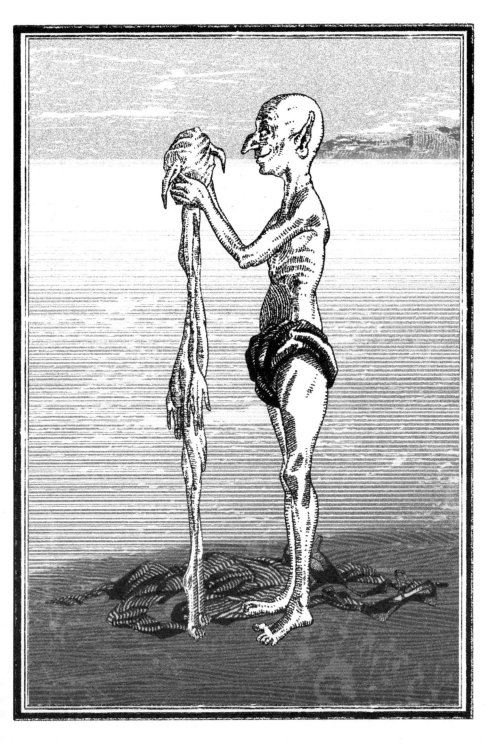

作者后记

    M.T. 安德森：一些关于我们如何创作这本书的话，可能会引起那些也自己写故事画故事的读者的兴趣。通常是著者写文字，绘者画出和文字搭配的插图。但关于这本书，尤金有个奇妙的想法。

    尤金·叶利钦：我想做一本图不是像通常那样与文字搭配的书，相反，它们可以和文字背道而驰，图会讲述一个完全不同的故事。

    M.T. 安德森：文字和图就像在打仗。

    尤金·叶利钦：啊，打仗！是件可怕的事，但画起来很有趣。刀光剑影……

    M.T. 安德森：我喜欢尤金的想法，很激动有机会要和这样独特的人合作了，尽管大家都提醒我他有时候很难搞。

尤金·叶利钦：大家也提醒我M.T. 安德森基本就是个生活在14世纪的古怪的书呆子。

M.T. 安德森：所以我开始给尤金发送我的想法，直到他有一个喜欢的。这花了挺久的时间，但是很值得。

尤金·叶利钦：对谁值得？

M.T. 安德森：我们不停地来来回回地探讨想法，最后得出了一个这样的故事：一个书呆子气的、十分温顺，还有点神经紧绷的精灵历史学家试图描述妖精的文化。他会曲解他见到的神奇和可怕的事情，这个社会的神秘和他本身的生活环境截然不同。他会发送一些错误的信息。

尤金·叶利钦：说到错误，你该不会看过我刚从俄罗斯来美国时给家里写的那些信吧？

M.T. 安德森：正是。

尤金·叶利钦：什么意思，正是？你没看过。

M.T. 安德森：肯定啊，尤金，我没看过。但是，反正，和朋友一起创作故事的好处就是你们会把彼此推向一个你独自创作时完全想不到的地方。

尤金·叶利钦：可别推到有灾害的地方，你可没法活着出来。而且你真的愿意称咱俩为"朋友"？

M.T. 安德森：我是说，咱俩实际上只共处过半小时，相处得还不怎么样。但我们的读者应该知道，和别人合作重要的一点就是接受他们建议的任何方向。

尤金·叶利钦：真的？不管有多不可理喻？

M.T. 安德森：所以尤金和我创作这本书也是为了向古代那些勇敢的探险作者致敬，他们远渡重洋去到未知的土地，努力理解那里的文化，比如马可·波罗、希罗多德、伊本·白图泰、玄奘、曼德维尔、法显。

尤金·叶利钦：你在说什么？这本书里讲的是个间谍故事。谋杀！追捕！欺骗！这里有炸弹！

M.T. 安德森：但是，尤金，它本质上是一次悲剧性的沉思，沉思社会被训练成了要世代彼此仇恨，但实际上可以达成共识。

尤金·叶利钦：一个悲剧，天哪，两个笨蛋被宣传蒙蔽了双眼不是悲剧，是喜剧。

M.T. 安德森：确实，尤金，随便吧。所以，我们只是好奇妖精在幻想小说里的名声怎么那么不好，比如J.R.R.托尔金的《魔戒》。为什么妖精总是理应被屠杀的蠢笨恶魔？生活在一个饱受压迫的贫瘠国度究竟是什么样的？

尤金·叶利钦：谁是托尔金？没听说过。我讨厌幻想。

M.T. 安德森：讨论结束了吗？我还约了看牙。

尤金·叶利钦：我的第一次牙根管治疗没打麻醉。

M.T. 安德森：结束了是吧？

尤金·叶利钦：等一下！安德森！你去哪儿？我才刚开始……

M.T. 安德森是屡获殊荣的童书作家，作品以青少年小说为主，也创作绘本。代表作品有《喂养》（获得《洛杉矶时报》图书奖），《屋大维的惊人一生·第一卷》（获得美国国家图书奖），及其续集《屋大维的惊人一生·第二卷》（获得迈克尔·L.普莱斯奖），等等。安德森的作品总是情节复杂，思想深刻，激发读者用新的方式看待世界，因为他认为青少年比一些人想象的要聪明得多。他住在马萨诸塞州波士顿附近。

尤金·叶利钦是一位俄裔美国作家，曾为许多童书创作插画，代表作品有获得纽伯瑞奖的《打断斯大林的鼻子》，获得金风筝奖的《猎鹰屋的幽灵》以及获得国家犹太图书奖的《布雷斯洛夫的公鸡王子》等。他还获得了童书作家与插画家协会汤米·狄波拉奖。尤金与妻子和两个孩子住在加利福尼亚州的托潘加。

如果你接受图，小点击和按钮，我就得他们分非常感谢这
本书——和前他们是人的说。——M.T.奇博赫

我们都是。——光盖·吐剥格

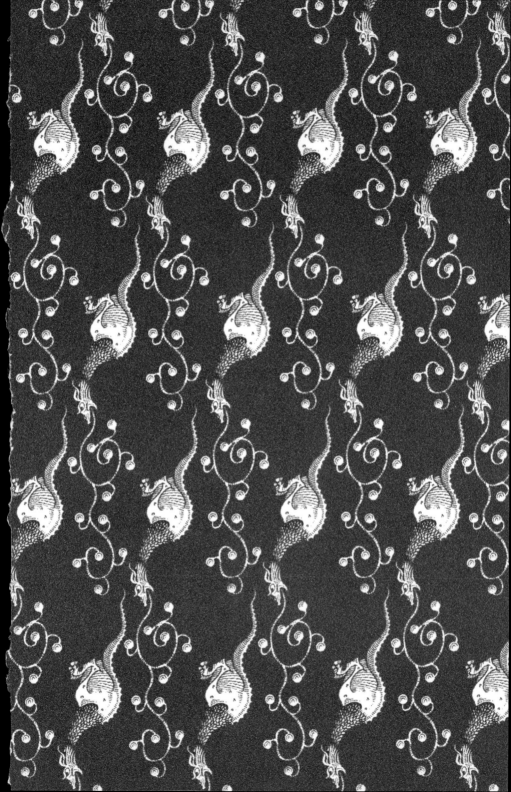